SIDONIE,

ou

L'ABUS DES TALENS.

DE L'IMPRIMERIE DE J. SMITH.

Pag. 3, *lig.* 6, *au lieu de* tendre, *lisez* vive.

SIDONIE,

OU

L'ABUS DES TALENS.

PAR MADAME ***.

~~~~~~~~~~~~~~~~~~~~~~~~~~~~~~~~

TOME SECOND.

~~~~~~~~~~~~~~~~~~~~~~~~~~~~~~~~

A PARIS,

Chez MARADAN, libraire, rue des Marais,
n.° 16, faubourg Saint-Germain;
Et H. NICOLLE, libraire, rue de Seine, n.° 12.

1820.

SIDONIE,

OU

L'ABUS DES TALENS.

~~~~~~~

CHAPITRE XVI.

On n'écrivit à madame de Bonval l'accident de Sidonie, que lorsqu'il ne donna plus d'inquiétude. Cette tendre mère était péniblement partagée, entre le désir de venir à Paris, et la crainte de laisser Clémentine, à la veille d'accoucher. Elle se décida à ajourner encore son voyage.

Elle avait enfin découvert le grand secret de Lucie. L'ayant un jour surprise dans le parc, écrivant, marchant, s'arrêtant, écrivant encore et répétant haut et avec emphase ce qu'elle venait d'écrire, elle ne crut pas devoir tarder

plus long-temps à lui demander la cause
de l'émotion extraordinaire dont elle
la voyait atteinte. Elle aime peut-être,
se disait-elle ; peut-être avait-elle à
Nantes une inclination, dont elle re-
grette l'objet... Mais elle ne reçoit pas
de lettres, elle n'écrit à personne ;...
n'importe, si l'impression a été profonde, elle aime à s'en entretenir ; son
imagination lui représente l'être dont
elle est préoccupée ; elle lui parle
comme s'il était présent, et confie au
papier l'expression de sa tendresse.
Cet amour de la solitude, sa tristesse,
ses accès de mélancolie, tout dénote
un cœur malade ; tâchons de sonder
la plaie, pour travailler ensuite à la guérir, s'il est possible.

« Vous avez, lui dit-elle, un secret
qui vous tourmente, ne voudriez-vous
pas me le confier. —Madame,... répondit-elle en rougissant et baissant les
yeux. — Vous aimez à être seule, vous
écrivez beaucoup. — Madame, il est

vrai, quelquefois...—Pourquoi craindre
de vous expliquer franchement? ne
voyez-vous en moi qu'une étrangère?
— Ah! pouvez-vous le supposer, je serais un monstre, si je n'avais pour vous
la plus tendre, la plus respectueuse
tendresse. — Eh bien, dites-moi donc
la cause de ce penchant violent qui
vous porte vers la solitude : serait-ce
une passion ?—Oh! oui, madame, une
passion... — Malheureuse, sans doute ?
—Malheureuse par sa violence, par les
tourmens qu'elle me donne, par le
désespoir du succès ;... mais peut-être
vous la condamnerez, vous me trou-
verez ridicule, présomptueuse, extravagante... — Calmez-vous, et achevez
de m'ouvrir votre cœur; ne suis-je
pas votre mère? n'ai-je pas droit à
votre confiance? refusez-vous mes conseils? — Ne m'accablez pas de vos
bontés, madame; vos conseils me seront nécessaires : mais pourrai-je jamais vaincre ce goût, cette passion

1 *

brûlante qui m'entraîne? — Que j'en connaisse au moins l'objet. — L'objet! madame, dit Lucie en rougissant et cachant son visage dans ses deux mains; l'objet, c'est la gloire, le suffrage de mes contemporains, l'estime de la postérité;... je compose, je suis auteur. »

On imagine aisément la surprise de madame de Bonval; elle s'attendait à un autre aveu. Ce n'est plus, dit-elle en elle-même, ce n'est plus son cœur qu'il faut guérir, mais sa tête, et la tâche est plus difficile. Sentant qu'il ne fallait pas heurter de front un penchant qui paraissait avoir jeté déjà de profondes racines, et qu'elle ne pourrait y parvenir qu'en obtenant la confiance entière de Lucie, elle l'engagea à lui apprendre comment ce goût avait pris naissance chez elle, et à quels ouvrages elle avait déjà consacré ses loisirs.

« Il y a long-temps, lui dit Lucie, que je vous aurais ouvert mon cœur, si je n'avais été retenue par la honte et la crainte de vous déplaire : votre bonté, votre indulgence, dont je reçois tant de preuves, ne pouvaient encore me rassurer ; mais vous m'écoutez sans colère, sans dédain ; le reste ne me coûte point à dire. Vous savez, madame, que j'ai été élevée dans la pension de madame ** ; c'était, je crois, la plus nombreuse, la plus brillante de la capitale. De jeunes personnes d'un nom illustre ou d'une brillante fortune y étaient mes compagnes ; nous avions les maîtres les plus habiles, et deux fois l'année des distributions solennelles attiraient un public nombreux, empressé d'applaudir à nos succès. La nature, sévère pour moi, ne m'a donné ni cette beauté qui prévient agréablement, ni la grâce, plus attrayante encore que la beauté : je réussissais faiblement à la musique et au dessin ; de sorte que dans nos assemblées je n'étais point aperçue, et jamais un applaudissement n'était venu faire battre mon cœur. J'en souf-

fris, je vous l'avoue, madame; les succès de mes compagnes ne m'inspiraient
pas de jalousie, mais ils firent naître
mes regrets. Je ne serai donc rien, me
disais-je? ma vie est condamnée à passer comme un jour nébuleux, et jamais
le moindre rayon ne viendra en dissiper la sombre obscurité : je vivrai sans
plaisir, et mourrai sans laisser de moi le
moindre souvenir. Ces idées revenant
sans cesse à mon esprit, y jetèrent une
profonde mélancolie : je confiai au papier quelques pensées tristes, et bientôt je m'essayai à les mettre en vers.
Une de mes compagnes, à qui je les
montrai, les trouva bien, et courut les
porter à la maîtresse ; celle-ci, attentive
à saisir tout ce qui pouvait accroître la
réputation de sa maison, me donna
quelques louanges. Ah! qu'elles me pa-
rurent douces! c'étaient les premières
que j'entendais : elles enflammèrent
mon imagination, me créèrent une vie
nouvelle, et, dans l'ivresse de mon

bonheur, je composai une épître *à l'Es-*
pérance. Elle fut soumise à notre maître
de littérature, qui applaudit à quelques idées, à quelques expressions qu'il
trouva élégantes, et m'engagea à continuer cet exercice. Il offrit même de me
donner des leçons particulières. Je tra-
vaillai avec une ardeur nouvelle, et bientôt je ne pensai plus qu'en vers. Un
de mes ouvrages fut lu publiquement
avant la distribution des prix; les applaudissemens les plus bruyans, les
plus prolongés, en interrompirent plusieurs fois la lecture, et je sortis enfin
de mon obscurité. Quel moment ! son
souvenir seul me transporte, m'en-
flamme : en effet, madame, est-il rien
de plus ravissant que de se voir l'objet de l'attention générale, d'entendre
autour de soi ce murmure approbateur,
ce concert d'éloges, d'autant plus flatteurs, qu'ils ne vous sont pas directe-
ment adressés. L'éclat de la fête, la ri-
chesse des parures, ce concours si

nombreux, le bruit de la musique cé-
lébrant vos triomphes;... tout enivre,
tout électrise. Il me sembla que mon
âme attendait ce moment pour connaître le but où je devais tendre; l'a-
venir s'agrandit à mes yeux, et je jurai
de me consacrer à la poésie. J'en
avais la passion, on m'assurait que j'en
avais le talent; qui pouvait m'arrêter
dans cette brillante carrière? La parcourir avec ardeur, sans craindre les
difficultés, sans me rebuter par les
obstacles, devint alors mon unique
désir. J'étais dans l'enthousiasme du
bonheur, et du délire poétique, quand
les malheurs de ma famille me rappe-
lèrent à Nantes. Des peines cruelles
déchirèrent mon cœur, et semblèrent
refroidir mon imagination. Le ciel
m'enleva ma mère, le ciel me l'a ren-
due : près de vous, madame, j'ai retrouvé le bonheur et la tranquillité.
Devenue plus calme, j'ai senti renaître
mon goût pour la poésie. Je ne serai

rien par ma famille, par ma fortune;
je voulus être quelque chose par moi-
même. De là, madame, ces efforts cons-
tans, ces méditations profondes, que
vous avez souvent pris pour de la mélancolie. J'ignore si mes essais ont
quelque mérite; puissent-ils obtenir
grâce à vos yeux! J'attendrai, non sans
trembler, l'arrêt qui doit rendre mon
existence digne d'envie, ou me fermer
à jamais le chemin de la gloire, qui
est pour moi celui du bonheur. »

Madame de Bonval écoutait Lucie
avec autant de surprise que d'attention :
le style étudié de cette jeune personne,
ses regards animés, cet amour excessif
de gloire qu'elle ne craignait pas d'a-
vouer, tout la confondait, et lui faisait
envisager pour elle un avenir fort triste.
Elle crut cependant devoir dissimuler
ses craintes, pour gagner entièrement
la confiance de sa jeune élève.

Lucie lui remit une liasse assez consi-
dérable de papiers, et se retira, n'osant

assister à la lecture de ses ouvrages. Ils
se composaient d'épitres, d'odes, de
poèmes, sur différens sujets. Les vers
étaient corrects, les idées pures, quelquefois gracieuses; mais rien, ou presque rien, ne s'élevait au-dessus de la médiocrité. C'était un de ces talens de société, qu'on prône dans un salon, et
qui s'éclipse au grand jour. Madame de
Bonval, en en portant ce jugement, souffrait beaucoup d'être obligée de le dire
à Lucie: c'était détruire une chimère
dont paraissait dépendre tout le bonheur
de sa vie. Elle s'y prit avec ménagement,
loua d'abord ce qu'il y avait d'agréable
dans ses poésies, lui soumit ensuite
quelques observations, qu'elle trouva
justes, puis arriva à lui demander
quelle ressource elle comptait tirer d'un
talent, aimable sans doute, mais si épi-
neux, si souvent ingrat, même pour
l'homme de lettres déjà connu par des
succès. « Les poètes, lui dit-elle, ne
deviennent pas riches. — Eh! qu'im-

porte l'or, si.... — Je vous devine; si l'on
arrive à la gloire, n'est-ce pas? mais le
chemin de la gloire est pénible, plein
de hasards, et ceux qui le suivent n'ar-
rivent pas toujours au but. — Je n'ai pas
la présomption d'atteindre au sommet
du Parnasse; ne peut-on, quoique moins
haut, y obtenir encore une place honorable? Madame Deshoulières passe à
la postérité, avec ses moutons.—Vous
savez qu'ils lui sont contestés, et que
les femmes auteurs sont rarement re-
gardées comme les mères de leurs enfans. — C'est l'orgueil des hommes qui
nous dispute ainsi la palme : dieu merci,
les voilà réduits au silence; on ne vit
jamais tant de femmes écrire.—Cela
prouve peut-être qu'on donne depuis
quelque temps à l'éducation des filles
une autre direction : on les occupe moins
des devoirs et des pratiques de la religion; en revanche elles ont un maître de
belles-lettres : mais à quoi sert l'instruc-
tion, si l'on n'en fait pas un usage conve-

nable? Les sciences ne me semblent
utiles, qu'autant qu'elles nous aident à
connaître, apprécier et chérir nos devoirs : si elles nous emportent au-delà
du cercle que la nature et la raison nous
ont tracé, elles deviennent une source
de malheurs. — Pourquoi la raison dé-
fendrait-elle aux femmes d'entrer dans
une carrière dont le génie leur ouvrirait
le chemin? — Parce qu'elles sont appe-
lées à des devoirs plus importans, ceux
d'épouse et de mère. — Ainsi, madame,
c'est en vain qu'une femme serait née
avec un esprit transcendant, et l'aptitude
à toutes les sciences. — La nature ne
fait rien en vain, les femmes auxquelles
elle a départi ses dons peuvent les em-
ployer avec succès à l'éducation de leurs
enfans. — Et, si elles n'ont pas d'enfans?
—Alors nous voilà dans les exceptions:
la femme qui n'a pas le bonheur d'être
mère, fait bien, si elle en a le goût, de
chercher dans l'étude une consolation
à cette privation si amère. Mais est-il

bien nécessaire qu'elle mette le public
dans sa confidence? doit-elle désirer
plus, que son propre suffrage et celui de
ses plus intimes amis. Au reste, si un
penchant irrésistible l'emporte, si elle
est dominée par ce que vous appelez
l'amour de la gloire, qu'elle n'oublie
pas que c'est aux femmes surtout qu'on
doit appliquer cette maxime , qu'un auteur se peint dans ses ouvrages. Il faut
donc qu'une femme auteur soit aussi
chaste dans ses écrits, que dans ses
mœurs. Est-elle obligée de peindre les
passions, que ce soit en observateur et
non comme leur victime, que son amour
pour la vertu, son horreur pour le vice
éclatent dans ses productions : qu'elle
se garde surtout, oh! qu'elle se garde
bien d'offrir au lecteur, de ces tableaux
voluptueux, de ces scènes trop vives
qui ouvrent un jeune cœur à tous les
dangers de la séduction. On brille
moins, je le sais, en s'imposant ces
règles sévères; il est plus aisé de plaire

à l'esprit, lorsqu'on se permet d'émouvoir le cœur, en s'y insinuant par les
sens. Mais grand dieu! quelle gloire!
une femme peut-elle ambitionner des
applaudissemens , s'ils coûtent des
larmes à l'innocence?—Cela, madame,
paraît s'appliquer aux romans; mais la
poésie offre moins de dangers, et les
chastes sœurs.... — Ont souvent des dis-
ciples qui le sont peu. Les poètes ne
vivent que par l'imagination ; ils doivent
peindre et toujours peindre. Une situation nouvelle, un sujet heureux les sé-
duisent : qu'importe que ce sujet, cette
situation, offrent quelque chose de trop
voluptueux, de trop passionné; il leur
faut les couleurs les plus vives, le style le
plus brûlant; il faut donner de la vie, du
mouvement à son ouvrage. Est-ce bien
aux femmes qu'il sied d'emprunter ainsi
le langage effréné des passions? — Je le
vois, madame, vous ne me pardonnerez
pas d'être auteur.—J'y trouve, je l'avoue,
beaucoup plus de dangers que de jouis-

sances, et je ne puis m'empêcher de souhaiter ardemment que vos idées et vos occupations se dirigent vers un autre but. — Je vais donc rentrer dans le néant ! condamnée à une nullité complète, que serai-je dans le monde ? hélas, rien. — N'est-ce donc rien que de posséder un excellent cœur, un esprit aimable, et de pouvoir devenir une épouse estimable, une bonne mère ? — Ah ! madame, ces titres sont ceux de tout le monde ; quel honneur en revient-il ? — *Avec force.* Non, ma chère, non, la femme essentielle, la mère éclairée sont plus rares que vous ne paraissez le croire : si ces qualités ne mènent pas à la célébrité, elles conduisent à l'estime des honnêtes gens, à l'union des familles et au bonheur. »

Clémentine, la douce Clémentine, qui pouvait s'offrir comme le modèle des femmes heureuses, unit ses efforts à ceux de sa mère, pour persuader à Lucie, que l'obscurité, qui est le par-

tage des femmes, est aussi le gage de
leur bonheur, et de ce repos d'esprit
sans lequel surtout on n'en goûte point
de parfait. On est si sévère pour celles
qui affichent des prétentions! les autres
femmes les redoutent tant! les hommes
les déprécient avec tant de plaisir, ils
sourient si dédaigneusement à ce qu'elles
appellent leur succès. « Ah! disait Clémentine, je ne puis comprendre qu'on
recherche une autre approbation que
celle de l'amitié, et d'autres encouragemens à bien faire, que le sourire de
ceux qu'on aime. »

Lucie avait nourri trop long-temps
cette chimère pour la perdre sans regret; elle fut triste, elle le fut long-
temps, elle montra même de l'humeur
et du découragement. Madame de Bonval supporta tout avec une douceur qui
parut à la fin toucher sa jeune amie.
Sa conversion ut -elle sincère? c'est
ce que la suite nous apprendra.

CHAPITRE XVII.

Sidonie se livrant entièrement au bonheur d'être mère, ne voyait que son
enfant. La comtesse s'extasiait sur la
sensibilité, la sagesse de sa nièce, et
la proclamait la meilleure des mères;
ses lettres à sa belle-sœur ne taris-
saient pas sur les louanges qu'elle lui
donnait, et madame de Bonval respirait
plus librement, en pensant qu'une oc-
cupation si chère arracherait sa fille
au torrent du monde, qu'elle avait toujours redouté pour elle.

Mais hélas! il faut de la mesure même
dans le bien! Sidonie, dans l'ivresse
que lui causait son bonheur, avait oublié toutes ses craintes; et, se croyant
sûre du cœur d'Eugène, elle négligeait
ces moyens d'amabilité, sans lesquels
une femme ne peut espérer de fixer

1 **

son mari. Si le charme qui attirait s'é-
vanouit, on peut, on doit craindre de
voir s'affaiblir l'affection qu'on avait
inspirée.

Vive, spirituelle, instruite, madame de Saint-Léon se laissait aller
à une paresse d'esprit, à une sorte
de langueur qu'elle appelait de *l'a-
bandon*, et s'occupait exclusivement du
détail ennuyeux, pour tout autre qu'une
mère, des soins monotones et sans cesse
renaissans qu'exigeait sa fille : en sorte
que cette femme, si brillante dans le
monde, était d'un commerce presque
insipide pour les gens auxquels elle
avait le plus d'intérêt de plaire. Peut-
être s'étonnera-t-on qu'avec beaucoup
d'esprit on tombe dans un travers aussi
choquant. Qu'on observe, qu'on étudie le monde, et l'on verra qu'il four-
mille de gens d'esprit faisant des sot-
tises, faute de jugement et de réflexion,
ou par suite de cet égoïsme qui n'a
d'yeux que pour lui.

Sidonie, gâtée par sa tante, trompée par Armand et Malvina, ne se doutait pas qu'on eût un reproche à lui faire. Le temps approchait où elle allait être à l'école du malheur, la seule qui puisse bien souvent réparer les erreurs de l'éducation, ou nous défendre contre les embûches si dangereuses du bonheur.

Un jour, que la comtesse avait été obligée d'aller à Paris pour quelques affaires, madame de Saint-Léon, étonnée de se trouver seule, se sentit, pour la première fois, dans une sorte d'isolement, qui lui ouvrit les yeux. Elle s'étonna que son mari se rendît si rarement chez elle, et que Malvina s'adonnât à la peinture jusqu'à négliger une amie souffrante. « Où est Eugène? dit-elle à mademoiselle Germain. — Je le crois sorti, madame, répondit la gouvernante avec un air demi-discret. — Et Malvina ? — Elle est peut-être avec... elle est... — *Avec inquiétude.*

Eh bien ! quoi ?... où est-elle ?...avec qui est-elle ? — Je n'en sais rien , madame ; madame sait bien que je ne puis le savoir ; je n'ai pas quitté madame de la matinée ; d'ailleurs, mademoiselle Malvina ne me confie pas ses projets de promenades. — Que dites-vous ? ses promenades! est-ce qu'elle sort? — Ah! madame, est-ce qu'une belle demoiselle comme elle est faite pour être recluse ? — *Sérieusement*. Je vous prie, mademoiselle, de répondre nettement à mes questions. Votre figure dit autre chose que vos paroles , et je n'aime point les demi-confidences. Répondez. Malvina est-elle sortie? — Je le crois, madame, mais je n'en suis pas sûre. — Est-ce qu'elle sort le matin ? — Oui, madame. — Et avec qui ? — Je ne le sais pas toujours, madame. — Mais encore? — Je pense que M. Armand est souvent avec elle. — Armand , seul? — Oh! madame, Monsieur est aussi de la partie. — Fort bien,.. il fait à merveille,.. j'en suis fort

aise;... et où vont-ils? — A la chasse.
— A la chasse? quel conte! Malvina
à la chasse! si toute l'histoire ressemble
à ce dernier trait!...—Ce dernier trait,
madame, est vrai comme tout le reste
de l'histoire, et je ne croyais que
madame me soupçonnerait d'arranger
une histoire. Au reste, si madame le
veut, je peux y ajouter d'autres détails
qui ne sont pas moins sûrs. — *Vivement.* D'autres détails! Eh! quoi donc
encore?... (*cherchant à se remettre.*) Eh
bien! ma chère Germain, dites, dites
vos autres détails, cela m'amusera. —
Avec malice. Si j'avais cru que cela dût
amuser madame, j'aurais pu commencer mon récit depuis quinze jours;
oui, quinze jours juste. Il faisait le
plus beau temps du monde; le jour
ne commençait qu'à poindre, lorsque
j'entendis du bruit dans la cour. Je
me levai, et je vis monsieur, M. Armand et mademoiselle Malvina, qui
partaient pour la chasse, ayant tous

trois des fusils. Baptiste les suivait, et
j'ai su par lui que mademoiselle Malvina, qui chasse comme un homme,
avait tué un lièvre et deux perdrix.
Baptiste n'en revenait pas, il n'avait
jamais vu, dit-il, chasseur plus adroit
que mademoiselle, et puis elle était
d'une gaîté, d'une folie!.. On a bien
ri, je vous assure, et je ne m'étonne
pas qu'ils y retournent si souvent. —
Si... si souvent! — Oui, madame, il
y a bien eu cinq parties de chasse à
ma connaisance, et toujours dès le
grand matin; de sorte que madame la
comtesse n'en sait rien, car Monsieur
a défendu à Baptiste d'en parler. — Et
cependant vous le savez. — Les amoureux peuvent-ils garder un secret? Ce
n'est pas que Baptiste soit amoureux
de moi, il pourrait faire pis cependant; mais il aime la petite bonne, et
c'est à elle qu'il conte tout; et puis elle
me le redit. C'est lui, par exemple,
qui a été chercher à Paris un ama-

zone pour mademoiselle Malvina, et
qui l'a posé, il y a huit jours, dans
son cabinet de toilette. Elle a été bien
surprise, bien contente, lorsqu'elle l'a
trouvé le lendemain; à la vérité, cet
amazone est charmant, et puis il va si
bien à mademoiselle Malvina! Je voudrais que madame la vît dans ce cos-
tume. — M. Armand chasse donc aussi?
je ne le croyais pas d'humeur à se le-
ver à la pointe du jour. — Madame a bien
raison, M. Armand ne part plus avec
monsieur; il le rejoint plus tard, et je
crois bien qu'il ne fait pas de mal au
gibier. — Et Malvina est toujours bien
matinale? — Bah! c'est elle qui va frap-
per à la porte de monsieur. — C'est
bien; il suffit:... Allez voir si ma fille se
réveille; ensuite vous... vous me l'ap-
porterez. »

Quelle conversation, quel long supplice pour Sidonie! A peine fut-elle seule
que des sanglots douloureux se firent
passage. Elle ne doutait plus de son in-

fortune, elle s'étonnait d'en avoir douté;
mille choses, mille riens revenaient à sa
mémoire, et lui semblaient d'une évi-
dence désespérante. Oh! que la première atteinte du malheur est poignante!
avec quelle douloureuse surprise l'âme
s'en voit subitement investie! avec quelle
rapidité elle plonge dans cet océan nouveau pour elle! Tout désespère, et cependant on veut tout connaître, tout
approfondir.

Sidonie se perdait dans ses larmes et
dans ses tristes pensées, quand madame
de Lauzanne revint de Paris: sa vue pensa faire jeter les hauts cris à sa nièce. La
présence d'un ami rend dans le premier
moment la douleur plus cuisante, elle
semble s'élancer pour se répandre dans
le sein de l'amitié. La comtesse, saisie,
effrayée, se précipite vers sa nièce, et fut
long-temps sans en arracher un mot:
elle la pressait dans ses bras, la conju-
rait de parler, et pleurait avec elle, avant
de connaître le sujet de ses larmes. « Ah!

ma tante, s'écria enfin Sidonie, en cachant sa figure dans le sein de la comtesse; ah! ma tante, Eugène ne m'aime
plus. — Que dites-vous là, ma chère ?
Eugène.... — Il me fait mourir, il me
fait mourir,... je n'y survivrai pas. »

La comtesse obtint avec bien de la
peine un récit qu'elle brûlait d'entendre. Il ne fit pas sur elle la même impression que sur Sidonie; elle ne vit dans
la conduite de Malvina qu'une étourderie
de jeune personne, et ne put croire que
l'époux de la plus jolie femme de Paris
pût être infidèle. Que devenait donc le
jugement, ou plutôt la mémoire de la
pauvre comtesse? avait-elle oublié que
souvent les femmes les plus agréables
sont abandonnées pour de très-laides
maîtresses. Elle employa toute son éloquence à calmer sa nièce, l'accablant
de caresses, de flatteries, et l'assura cependant qu'elle veillerait de près à la
conduite de Malvina, quoique bien per-
suadée qu'elle n'était que légère et point

coupable. Elle engagea ensuite madame de Saint-Léon à reprendre ses habitudes et à ne plus garder la chambre. « Venez, lui dit-elle, et croyez que, partout où sera ma Sidonie, elle ne laissera pas la possibilité de remarquer s'il y a près d'elle une femme aimable et belle. — Oh! ma tante, quelle tendre partialité! qui nous dit qu'Eugène la partage? — Faites-en l'épreuve dès aujourd'hui; descendez à l'heure du dîner, et vous verrez l'effet que cette aimable surprise produira sur votre mari. Vous verrez, mon enfant, ma fille chérie, si vous n'êtes pas toujours la plus aimée comme la plus aimable des femmes. — Que me proposez-vous? descendre avec une figure abattue, des yeux rouges et gonflés de larmes; non, non, j'aime mieux feindre d'être malade, me coucher, ne recevoir personne. — Vous vous croyez donc bien laide, bien épouvantable? ajouta-t-elle en lui présentant un miroir; tenez, regardez-vous, et voyez si la tristesse

ne vous rend pas plus touchante. Allons,
ma chère, pourquoi détourner les yeux?
ne voulez-vous pas sourire à cette douce
figure que j'aime tant? Ah! nous y voilà,
Sidonie sourit, et le sourire de Sidonie
est sûr de tout charmer. »

La comtesse ayant ranimé l'esprit de
madame de Saint-Léon, l'amena au point
de s'occuper de sa toilette: elle la fit simple, et telle qu'il convient à une jeune
accouchée; mais les petits soins, ces petits riens que la coquetterie emploie avec
tant de succès, ne furent point oubliés.
Sidonie, heureuse et tranquille, les eût
peut-être négligés; inquiète et doutant
du cœur de son mari, elle y eut recours
sans y penser et comme par instinct.
Pourquoi faut-il que nous ne pensions à
conserver un bien, qu'au moment où
nous sommes près de le perdre?

Averties qu'on était servi, les dames
descendirent. Sidonie était tremblante;
les éclats de rire qu'elle entendit dans
la salle à manger, augmentèrent encore

2 *

son trouble. Qu'on a peine à supporter
la joie de ceux qui font notre malheur !
qu'elle est insultante! et que des pleurs
méprisés coulent avec amertume ! Elle
fut frappée, en entrant, de voir Malvina
occuper sa place. « Hélas! se dit-elle,
suis-je donc oubliée ici ? » Les hommes
étaient debout en attendant la comtesse;
leur surprise fut extrême, en apercevant
Sidonie qui la suivait. Malvina quitta
brusquement son siége, et feignit une
grande joie: Armand en éprouvait une
très-réelle, qu'il cherchait vainement à
dissimuler; et Eugène, rouge, embarrassé, s'efforçait de dire des choses aimables, qui, ne partant pas de son cœur, ne
pouvaient plus flatter celui de Sidonie.
Elle fut au moment de retourner à sa
chambre; et sentant une grande faiblesse,
elle n'eut que le temps de s'appuyer sur
le dos d'une chaise pour ne pas tomber ;
mais se remettant bientôt, par le sentiment d'une noble fierté, elle se dit que
ce n'était point à elle à céder la place,

et s'assit avec dignité. Portant ensuite un coup d'œil rapide sur le cercle, elle lut sur le front interdit de son époux un secret qu'elle eût voulu ignorer encore, et dans les yeux inquiets de Malvina, la crainte d'être devinée, et l'insolence qui ne connaît pas la honte.

Le dîner se passa avec une apparence de gaîté : Malvina et Armand firent beaucoup de frais; Eugène voulait les seconder, mais sa contrainte était visible. Sidonie le regardait souvent et soupirait; parfois ses yeux s'armaient du courroux d'une épouse outragée; parfois aussi, en voyant son mari triste et inquiet, elle s'affligeait de sa peine, et oubliait qu'elle était la victime. La comtesse, toujours confiante, relevait la moindre expression, la moindre attention de M. de Saint-Léon pour sa femme, et vanta très-longuement le bonheur de vivre avec de vrais amis, loin du tracas de la ville, et à l'abri de la perfidie des méchans.

Le temps étant un peu humide, on n'alla point au jardin, après le dîner, à cause de Sidonie. Eugène, embarrassé de soutenir la conversation, la pria de chanter; elle y consentit, et prit sans affectation cette romance si connue de *Caroline* :

> Cruel époux, toi que j'adore,
> Où vas-tu chercher le bonheur?

L'âme, l'expression, qu'elle mit dans son chant, pénétrèrent jusqu'au cœur de son mari; il sortit pour dissimuler son trouble, et rentra peu de temps après, en disant qu'une lettre de son notaire, qu'il recevait à l'instant, l'obligeait de partir pour Paris, et qu'il espérait être de retour le lendemain. Il prit sur-le-champ congé de ses amis, embrassa sa femme, et disparut.

Eugène, sensible et faible, ne pouvait rendre sa femme malheureuse, sans éprouver les remords les plus cuisans, les combats les plus pénibles. Loin de

Malvina, il était tout au repentir et à la vertu ; auprès d'elle, il ne savait plus que chérir les chaînes qu'on lui avait préparées avec tant d'art. Il se croyait aimé ; cette supposition l'attachait plus fortement à Malvina, que ses charmes et ses talens.

Malgré son indulgence accoutumée, la comtesse fut un peu surprise du brusque départ de M. de Saint-Léon. Trop vive pour garder un moment sur le cœur le moindre soupçon, elle demanda à Malvina si elle voulait se promener, et elle quitta aussitôt le salon ; Malvina la suivit, en jetant un coup d'œil d'intelligence sur Armand, qui restait seul avec madame de Saint-Léon.

Frappée du départ de son mari, Sidonie était tombée dans une profonde tristesse, et voyait à peine ce qui se passait autour d'elle. Armand l'examina long-temps avant de lui adresser la parole, et jouit, avec une atroce barbarie, d'un chagrin qui, selon ses calculs, devait la lui rendre favorable. Il donna ensuite à sa physionomie l'air de cet intérêt tendre, de cette compassion active, qui est la plus douce consolation de ceux qui souffrent; et s'approchant timidement de sa victime : « Dois-je me retirer, lui dit-il; vous suis-je importun ?

Sid. *regardant autour d'elle.* Et vous aussi, Armand, vous voulez me quitter!

Arm. Jamais, jamais; vivre près de vous, souffrir de vos souffrances, adoucir vos chagrins, serait le bonheur de ma vie... Ah! madame, vous pleurez! qui peut faire couler vos larmes ?... heureuse, adorée....

Sid. Adorée?.... ah! dieu,... quel changement!

Arm. Vous vous taisez,... vous craignez de m'ouvrir votre cœur.

Sid. Je ne le dois pas; mes peines sont de celles qu'il faut dissimuler.

Arm. Je m'étais trompé, je le vois; j'avais osé vous croire mon amie; tout

me semblait mériter un titre si précieux :
vous me punissez de ma présomption ;
ce coup m'est cruel.

Sid. Mon dieu! Armand, pourquoi
vous plaisez-vous à me tourmenter ?
vous savez que je vous aime, et si le
ciel m'eût donné un frère, je ne sais si
je l'aurais chéri plus tendrement que
vous. Ce n'est donc pas l'indifférence,
mais le sentiment de mon devoir...

Arm. Je dois vous croire, madame,
et vous rendre mille grâces pour l'amitié que vous daignez avouer; cependant j'avais toujours regardé la confiance, une confiance entière, comme
la preuve la plus certaine, la seule con-
vaincante d'une amitié parfaite.

Sid. La confiance doit avoir ses
bornes : l'on est maître de confier ses
secrets ; mais ceux d'une femme mariée
ne sont pas tout-à-fait les siens ; ils
peuvent compromettre....

Arm. J'admire une prudence, que
j'oublierais près de vous, madame :

oui, je le sens, mon âme ne pourrait
vous rien cacher; si elle renfermait un
secret, je brûlerais de vous le dire, d'entrer dans les moindres détails.... Quel
bonheur de captiver votre attention!
d'entendre quelques mots consolans de
votre bouche! de pouvoir me persuader que, sensible à mes peines, vous
daigneriez les partager! La douleur la
plus amère puiserait dans un tel épanchement la source de mille délices.

SID. *émue.* Bon Armand! excellent
ami! que le ciel vous préserve de ces
chagrins affreux, qui.... Oh! oui, que
le ciel vous en préserve. »

Armand prit sa main, et la porta res-
pectueusement à ses lèvres. « J'ai vu,
lui dit-il, un heureux temps, où la musique chassait de cette adorable physionomie les moindres nuages, et y faisaient naître la douce sensibilité: per-
mettez-vous que j'essaie encore son
pouvoir?—Oui, sans doute, répondit
Sidonie avec feu les arts sont les plus

puissans consolateurs des malheureux.
— Voulez-vous votre harpe? — Non ;
mettez-vous au piano, j'aime mieux
vous entendre. »

Armand savait trop bien les dangereux
effets que produit l'harmonie, sur une
âme tendre et une imagination exaltée,
pour négliger ce moyen : il espérait
donc amener Sidonie, par des chants
analogues à sa position et par le charme
de sa voix, à une confidence qui le rendrait maître de son cœur. Madame de
Saint-Léon malheureuse, mais calme,
avait senti qu'une femme ne doit jamais
avouer l'infidélité de son mari; l'ignorance qu'elle sait feindre, est le dernier
lien qui l'unit encore à son infidèle
époux, et la barrière que n'ose franchir
un amant. Sidonie agissait d'après le
sentiment, inné chez elle, de ce qui est
sage et bien; mais elle ne calculait pas
le danger de la séduction, elle l'ignorait même; comment aurait-elle pu
s'en garantir?

Après avoir préludé savamment, et s'être ainsi rendu maître de l'attention de Sidonie, Armand chanta une romance triste et passionnée, où l'amour était peint sous les couleurs les plus séduisantes. Observant les impressions qu'il faisait naître, il vit avec joie que madame de Saint-Léon tombait dans une douce et profonde rêverie : ses yeux pleins de langueur étaient fixés sur lui ; elle le regardait, sans le voir peut-être ; son âme tout entière n'était occupée que de son époux. Hélas ! cette âme si naïve, si pure, ne pensait pas que la raison doit veiller, quand le cœur est ému.

Confiante dans son innocence, elle s'abandonnait avec une sorte de délice à cette rêverie vague, tenant le milieu entre la mort qui fait tout oublier, et la vie à laquelle on n'appartient que par des sensations, douces et inquiètes, tendres et tristes tout à la fois ; espèce de sommeil où l'âme, bornée à la faculté

de sentir, n'a la force, ni de vouloir, ni
de réfléchir, ni de penser.

Il n'y a qu'un pas de la rêverie à l'é-
motion, et de l'émotion à l'épanchement. Armand le savait, et, pour atteindre à son but, il chanta une autre
romance, où la douleur d'une amante
abandonnée s'exhalait avec une passion,
un désordre apparent, et la plus déchirante énergie. Sidonie ne peut contenir
sa douleur; elle fond en larmes, jette
un cri, et montre la plus grande agitation. Quittant brusquement le piano,
Armand vole auprès d'elle, et saisit sa
main qu'il couvre de baisers, en s'é-
criant : « O Sidonie! ô l'amie la plus
chère de mon cœur! c'est en vain que
vous dissimulez votre peine, je la lis dans
vos yeux; Eugène fait couler vos larmes, et il n'est pas là pour les essuyer. »
Sidonie, laissant éclater ses sanglots, se
couvrit le visage de son mouchoir, et
pleura amèrement.

Armand, toujours à genoux, lui

adressait mille tendres consolations, et
sa voix, émue par l'espoir le plus criminel, paraissait à Sidonie la preuve
non équivoque d'un généreux intérêt.
Hors d'elle, entraînée par une affliction qu'elle ne pouvait cacher plus long-
temps; et, l'esprit troublé par une musique trop d'accord avec ce qu'elle ressentait, elle n'eut plus la force de cacher son secret. Quel triomphe pour
Armand! il en usa avec adresse : conci-
liateur perfide, il excusa Malvina avec
l'air de la franchise, et feignit beaucoup d'embarras en parlant d'Eugène.
Il fit renaître dans madame de Saint-
Léon une compassion tendre *pour la
pauvre orpheline :* sans doute elle avait
manqué aux convenances, en allant à
la chasse; mais elle n'avait pas, comme
Sidonie, puisé, dans une éducation parfaite, cette extrême délicatesse, qui
est comme le complément de la vertu :
la sienne était brute; et, quoique sincère au fond, elle péchait par les formes.

Sidonie était le beau idéal, Malvina était l'enfant de la nature et du malheur. Sidonie se repentit d'avoir outragé par ses soupçons celle qu'elle avait fait vœu de protéger; et, croyant qu'Armand connaissait et voulait lui cacher le nouveau penchant de son mari, elle le pressa de le lui dire; il soutint qu'il ne savait rien, mais son ton et sa physionomie semblaient dire qu'il savait tout.

« C'est donc à Paris, disait Sidonie, qu'Eugène a formé ces nœuds si funestes à mon repos? Hélas! a-t-il séduit l'innocence, ou porte-t-il dans un ménage la honte qui fera le malheur de ma vie? Quel que soit son sort, le mien est de gémir et de me taire :... oui, je saurai me taire ;... mais je pleure,... et dans ce moment peut-être ,... Eugène jure à ma rivale un amour qu'il me jura au pied des autels. Que mon bonheur a été de courte durée !.... Déjà ma présence importune mon époux; bientôt il me fuira : la tendresse qu'il lit dans mes yeux l'accuse; mes larmes, mon désespoir, en éveillant ses remords, feront naître sa haine; je ne serai même plus son amie. O pensée déchirante! ô tourmens affreux! sur qui puis-je compter, puisque Eugène m'est infidèle?»

Les plaintes de Sidonie, si vraies, si pathétiques, auraient attendri un indifférent; elles ne purent toucher l'âme d'un séducteur. L'amour criminel n'est pas ce sentiment enchanteur, né des vertus, nourri par elles, et source à son tour de tout ce qui est noble, touchant, héroïque: c'est une passion bouillante, attachée à son objet comme le tigre à sa proie; il faut qu'il la possède, dût-il ne l'avoir que sanglante et en lambeaux.

Effrayé par l'excès d'une affliction qu'il était loin de partager, Armand employa toute son adresse à la calmer; il crut ne parler que le langage de l'amitié, mais ses regards exprimaient souvent un sentiment plus tendre. Si-

donie finit par éprouver un malaise,
dont elle s'étonna elle-même : elle rou-
gissait en écoutant Armand, et sa voix
tremblait en lui donnant le doux nom
de frère. Mécontente d'elle, sans pourtant se juger coupable, son âme se
trouvait comme suspendue entre sa raison, le besoin de l'épanchement, et la
douceur d'être aimée. Mais, se disait-
elle pour écarter de salutaires réflexions:
« Pourquoi ne répondrais-je pas à
l'amitié d'Armand ? pourquoi me refu-
serais-je une consolation qui ne blesse
pas mon devoir ? Si j'avais un frère ,
craindrais-je de me fier à lui ? Eh bien !
Armand est un frère pour moi, et la
pureté de son affection répond à l'innocence de la mienne. »

Ainsi ; pour éviter de se condamner
ou de se contraindre, on s'efforce de
se faire une fausse conscience : c'est
le plus grand de tous les malheurs,
parce qu'il enchaîne le remords, et
étouffe le repentir qui sait tout réparer.

2 **

~~~~~~~~~~~~~~~~~~~~~~~~~~~~~~~~~~~~~~~

CHAPITRE XVIII.

Cependant Armand, à la prière de
Sidonie, était allé au-devant des dames.
En entrant dans le salon, Malvina avait
une tristesse feinte qui se dissipa bientôt : la comtesse était au contraire dans
une agitation réelle; on n'eût pu dire
si c'était prévention, inquiétude, ou regret de s'être trompée dans ses conjec-
tures. « Vous paraissez fatiguée, lui
dit Sidonie; vous vous êtes aussi pro-
menée trop long-temps. » Madame de
Lauzanne, saisissant ce prétexte, dit
qu'en effet elle se sentait fort lasse : elle
se jeta sur un canapé, parut penser
beaucoup, et ne parla plus de la soirée.

Satisfaits du mal qu'ils avaient fait ou
préparé, Malvina et Armand se livrèrent
à une conversation qui devint bientôt
fort gaie, et parvinrent à distraire d'a-

bord, et ensuite à faire sourire Sidonie. On l'invita à ne pas continuer ce
genre de vie monotone et ennuyeux
qu'elle avait adopté, et à reprendre ses
occupations ordinaires, surtout ce charmant tableau qui lui promettait tant de
succès, et devait assurer sa réputation.
Elle s'engagea à y travailler dès le lendemain, si elle n'était pas trop fatiguée
de la journée, et remonta de bonne
heure dans son appartement : la comtesse se retira également chez elle; en
sorte que les deux vainqueurs, maîtres
du champ de bataille, n'eurent plus qú'à
se raconter leurs prouesses.

Malvina rit beaucoup de la leçon,
douce et tendre, que la comtesse lui
avait faite sur les parties de chasse.«Elle
voulait me pénétrer, dit-elle; mais je
me suis amusée de sa pénétration : j'ai
joué le rôle d'une Agnès, qui, ne pré-
voyant pas les conséquences d'un amu-
sement qu'elle croyait innocent, s'y
était livrée avec la plus grande ingé-

nuité. J'ai témoigné beaucoup de repentir, et j'ai fait les plus humbles
excuses ; au point que la comtesse, craignant d'avoir montré trop de rigueur
et revenant bien vite à sa bonté accoutumée, m'aurait, je crois, demandé
pardon à son tour, si je l'eusse exigé.
Passant ensuite à la conduite de M. de
Saint-Léon, madame de Lauzanne m'a
laissé entrevoir ses craintes. Je sais qu'il
vous aime, m'a-t-elle dit ; ne vous a-
t-il rien confié ? n'avez-vous rien deviné ? — Après m'être long-temps fait
prier, supplier de parler, j'ai donné à
entendre qu'Eugène pouvait bien s'être
laissé entraîner à quelque passion ; qu'il
vantait souvent avec enthousiasme certaine danseuse de l'opéra ; que peut-
être.... Au surplus, ai-je ajouté, ce
n'est qu'une conjecture : au nom de
dieu, madame, ne troublons pas le repos de notre chère Sidonie, et que le
plus profond silence cache à ses yeux
les désordres d'un mari qu'elle adore.

Si je puis obtenir de lui quelque confidence, croyez, madame, que je ferai
tout pour le ramener aux pieds de sa
charmante femme. »

Malvina avait assaisonné cet odieux
mensonge de tant de marques de respect et de vénération pour la tante,
de témoignages si vifs d'attachement
pour la nièce, que la comtesse, enchantée de la noblesse de ses sentimens,
l'avait pressée dans ses bras, et lui avait
remis le soin de sonder Eugène, et de
le rendre à lui-même. Elle s'était ensuite promis de ne point en parler au
chevalier. « Il est un peu entier dans
ses principes, disait-elle, et depuis
quelque temps nous nous sommes peu
entendus sur des choses où le mal
lui semble évident, tandis que moi je
n'y trouve qu'innocence et candeur :
il prendrait tout au pied de la lettre,
et croirait tout perdu. »

Le chevalier ne faisait plus que des
apparitions à Saint-Brice : il ne pou-

vait souffrir, ni l'air cavalier de Malvina, ni le ton tranchant d'Armand. Il
s'en était expliqué plusieurs fois avec
humeur; mais la comtesse voyait toujours un complot dans les tentatives
qu'on faisait pour l'éclairer, et croyait
qu'il était de son honneur de tenir
ferme contre tout ce qu'on pouvait lui
dire. Elle alla même un jour jusqu'à
répondre à M. de Mirbel : « Je crains,
mon oncle, que vos préventions contre
les nouvelles habitudes n'aillent jusqu'à
vous rendre injuste envers de très-braves
gens. On peut être fort honnête homme
et suivre la mode.

—Morbleu ! madame , quoique vous
vouliez me faire passer pour un ra-
doteur, je sais bien la différence qu'il
y a entre un homme et son habit. Vêtu
comme Jean Bart, votre Armand en
serait-il moins fat, moins impertinent ?
Croyez-vous que je le juge avec *prévention* , quand je lui reproche son
ricanement éternel, ses distractions

feintes, ses frédonnemens quand on lui parle, cette détestable habitude de ne dire ni *monsieur* ni *madame*, cette afféterie, ce vide qu'on remarque dans tout ce qu'il dit?...

—Ah! mon oncle, je vous assure qu'il a de l'esprit, de l'imagination.

—De l'esprit! et où diable le place-t-il? Prendra-t-on pour de l'esprit cette grêle de calembourgs, qui dénature la conversation, lui donne tout-à-coup une autre direction, et laisse l'homme de bon sens honteux, ou d'avoir ri d'une sottise, ou de ne l'avoir pas saisie. Quant à l'imagination, il en a au bout des doigts et dans le gosier; j'en conviendrai, s'il le faut : il joue du piano à merveille, gazouille à ravir, et module avec grâce; mais est-ce bien là ce qu'on appelle un homme, et sommes-nous condamnés aux colifichets?

—Pouvez-vous parler ainsi d'un artiste distingué, dont le talent...

—Est frivole; car en reste-t-il rien?

S'il composait encore! mais il chante,..
et vous accordez à des sons fugitifs,
à un organe qu'un rhume peut altérer,
autant et plus de célébrité qu'au mérite le plus transcendant.

—C'est un moyen de faire naître l'enthousiasme, cet élan de l'imagination,
cette émanation du génie.

—Oui, voilà bien leurs expressions;
l'enthousiasme! le génie! quels grands
mots, et l'heureuse application qu'on
en fait! Je reconnais là l'esprit du
jour : toujours au-delà des bornes,
son admiration est une frénésie, sa
moindre jouissance une passion, un
délire. L'enthousiasme égare le plus
souvent, parce qu'il fait voir les objets
au travers d'un prisme: pour bien juger,
bien inventer, bien composer, il faut
soumettre ses inspirations aux règles
invariables de la raison et de la sagesse.
Le génie ne consiste point dans des
conceptions bizarres, subites, extraordinaires ; il ne crée que de grandes

choses, embrasse et assemble des idées
vastes et sublimes : il n'égare point; il
frappe, il étonne, il excite l'admiration;
c'est, pour ainsi dire, un rayon de la divi-
nité. L'imagination, sa rivale, emprunte
quelquefois ses traits; elle charme, et
séduit au premier coup d'œil, mais elle
ne peut supporter l'examen le moins
approfondi. Ce n'est pas que je la pros-
crive, à dieu ne plaise : éclairée par la
raison, dirigée par l'expérience et l'é-
tude, elle échauffe, elle anime, elle
soutient celui qui la possède et sait ne
pas s'en rendre esclave. Mais aujour-
d'hui que les arts enflamment toutes les
têtes, et que chacun s'y croit propre,
par ignorance autant que par vanité,
on s'abandonne à tous ses caprices,
que le plus souvent on confond avec
le génie. De là, le bouleversement de
toutes choses : le mérite modeste oublié
ou dédaigné; des sots et des ignorans
affichant des prétentions ridicules; ces
études superficielles, qui ne donnent

que des ébauches de savans, et le découragement général des gens qui pen-
sent. A quoi bon, entends-je dire tous
les jours, à quoi bon se tuer pour aller
à la postérité? il vaut mieux jouir de
sa réputation de son vivant. En raison-
nant ainsi, on travaille vite et peu :
on a un nom à vingt-cinq ans, on est
oublié à quarante.

— Je ne trouve point cette philoso-
phie si mauvaise : le bonheur actuel ne
vaut-il pas bien la gloire dont on jouit
après sa mort? si je ne me trompe, vos
grands hommes du temps passé ont dû
mener une vie fort triste, pour faire arriver leurs noms jusqu'à nous.

— Il est vrai qu'ils *s'ennuyaient* à
être vertueux et savans, parce qu'ils
avaient la *bonhomie* de viser à l'estime
publique.

— Je les admire assurément.

— Vous leur faites bien de la grâce.

— Mais, mon oncle, je n'envisage la
chose que sous le rapport du bonheur

réel; et, ce que je veux dire, c'est qu'aujourd'hui l'on sait mieux en jouir qu'autrefois.

— Dites qu'on sait le dépenser plus vite, voilà le mot : et puis, que reste-t-il à la moitié de sa carrière? des regrets désespérans, un ennui qui tue.

— Je ne vois pas cependant....

— Oh! je vois bien, moi, que nous ne voyons pas l'un comme l'autre : aussi je me tais, et vous répète, pour la dernière fois, que votre dragon de Malvina ruinera votre neveu, désolera Sidonie, vous causera à vous-même les plus violens chagrins, et enfin....

— De grâce arrêtez, mon oncle, c'est un déchaînement...

— Non, ma nièce, c'est un *enchaînement*, et vous le comprendrez mieux un jour : adieu. »

Le chevalier partit fort mécontent, et laissa la comtesse à peu près dans la même disposition : ne pouvant se faire à voir d'*estimables* amis si mal appré-

3 *

ciés, elle boudait l'homme innocent
et courageux, qui l'avertissait du péril,
et défendait, avec toute la chaleur de
l'amitié, les êtres coupables qui la menaçaient de peines si cuisantes.

CHAPITRE XIX.

Madame de Bonval eût seule été capable de déjouer les complots tramés contre sa fille; mais elle était loin de la croire dans un si pressant danger. Madame de Lezeville devant accoucher au mois d'août, elle n'osait la quitter, craignant pour elle une maladie semblable à la première. Cependant elle souffrait cruellement d'une séparation, qui ne lui permettait jamais d'être heureuse qu'à moitié.

Tout à Lezeville et à Bonval respirait le bonheur. Clémentine, adorée de son époux, se rendait chaque jour plus aimable par ses soins, ses vertus, et l'art admirable avec lequel elle savait varier les plaisirs innocens de la campagne. Elle faisait, comme madame de Sévigné, des *anniversaires de tout;* la fête du pa-

tron, les jours de naissance, surtout celui de son mariage, tout était célébré
avec gaîté et simplicité. Un paysage
nouveau, un petit concert, un goûter
préparé en secret dans un lieu écarté du
parc, quelques amis priés avec mystère,
et arrivant comme par hasard; la moindre chose enfin prenait un air de fête,
par la grâce enchanteresse que savait y
mettre Clémentine.

Lucie saisissait avec empressement
l'occasion de ces fêtes de famille, pour
se rapprocher des muses, qu'elle n'avait
quittées qu'à regret, et ses amis applaudissaient de bon cœur à des couplets
dictés par la sensibilité. Lucie souriait à
ces éloges, puis se disait en soupirant :
« Qu'est-ce qu'une chanson ? une bluette,
qui ne laisse point de souvenir. Ah ! je le
sens, le ciel me destinait à des succès
plus flatteurs. Sans la déférence que je
dois à madame de Bonval,... mais je l'ai
promis, il n'y faut plus penser. »

Ce fut dans une de ces petites fêtes

qu'elle fut remarquée par Derville, jeune
avocat de Besançon, qui commençait à
jouir de quelque estime dans la province.
Elle lui plut, et il la demanda en mariage
à madame de Bonval. Ce parti, sans être
fort avantageux du côté de la fortune,
était trop convenable sous les autres
rapports, pour être refusé. Lucie parut
flattée de la proposition, et madame de
Bonval y donna son consentement, en
ajoutant une petite dot à celle de sa fille
adoptive.

Mariée à un homme honnête et bon,
jouissant de cette médiocrité dorée,
seule ambition du sage, Lucie va donc
être heureuse ? oui, si elle sait apprécier les avantages de sa position : mais
souvenons-nous que Lucie a rêvé la
gloire, et que, de toutes les maladies
de l'âme, l'ambition est celle dont on
guérit le plus difficilement, et où les
rechutes sont le plus à craindre.

Sidonie en faisait la cruelle expérience : elle payait du repos de sa vie le

désir et l'espoir d'une vaine célébrité.

Eugène, depuis le moment où la tristesse de sa femme lui fit craindre qu'elle n'eût découvert son infidélité, n'avait pas osé reparaître à l'ermitage. Comment se montrer à ses yeux ? comment dissimuler un amour qui s'enflammait par les obstacles? Cet amour insensé était porté à un tel degré, qu'il lui semblait moins difficile de fuir celle qui en était l'objet, que de vivre auprès d'elle sans le lui témoigner. Cette longue absence affligeait Sidonie, et confirmait la comtesse dans l'opinion où elle était, qu'Eugène avait une maîtresse à Paris.

Cependant Armand cherchait à mettre à profit les instans qu'il passait près de Sidonie. Plus il l'étudiait, plus il sentait la difficulté de réussir dans ses projets. Madame de Saint-Léon était susceptible d'exaltation, d'erreur, d'entraînement; mais son âme était pure, et son cœur encore pénétré du sentiment religieux qui avait fait la base de sa première éducation. Que faire pour détruire en elle ces principes salutaires, qui l'attachent si fortement à la vertu? Jeter insensiblement, et avec adresse, du ridicule sur les gens dont la conduite est régulière; élever des doutes sur leurs mœurs, traiter leur piété d'hypocrisie, puis passer du mépris qu'on affecte pour eux, au mépris de ce qu'ils révèrent; conseiller la lecture de ces auteurs dangereux, qui ornent de tout le charme de l'éloquence, les maximes les plus contraires à la morale, et traitent de préjugés populaires, ces devoirs sacrés et respectables sur lesquels repose l'harmonie de la société; et peut-être arriver par degrés à faire entendre, sans rougir, ces contes voluptueux ou obscènes, où le poison est d'autant plus dangereux qu'il est habilement déguisé. C'est le plan qu'Armand a conçu, et qu'il se promet de suivre avec toute la tenacité du crime.

Qu'un amant, un séducteur, propo-

sent la lecture de ces ouvrages scanda-
leux, on comprend leur dessein : mais
combien voit - on d'époux imprudens
préparer eux-mêmes, par ce moyen dangereux, l'abîme où doit s'engloutir pour
jamais leur bonheur! Ce sont , disent-
ils, d'aimables bagatelles , des choses
qu'il faut bien qu'on sache un jour. Où
en est la nécessité? pourquoi condamner
l'innocence à porter ses regards sur les
tableaux hideux du vice? à prêter l'o-
reille à ces récits voluptueux où la passion est toujours triomphante , et la
vertu traitée de chimère. Détruire ainsi
le doux charme de la pudeur , dans la
femme à laquelle vous avez uni votre
destinée, c'est renoncer à lire sur son
front rougissant, la preuve la plus sûre
de son innocence ; c'est anéantir cette
candeur, cette grâce enchanteresse,
dont la source est un cœur pur ; c'est la
familiariser avec des idées qu'elle ne
devrait jamais connaître ; c'est corrom-
pre son âme et troubler son jugement.

Mais, dit-on souvent, il faut qu'une
jeune personne acquière de l'expérience.
Oui, sans doute, il le faut; mais faites
qu'elle puise cette expérience dans les
scènes changeantes et multipliées qui se
passent sous vos yeux. La société est,
pour l'observateur, le livre le plus fertile en événemens de tout genre : qu'ils
soient le sujet de vos entretiens, de vos
réflexions; démêlez cette intrigue; dé-
masquez cette prude, ce vieux débau-
ché, ce jeune corrupteur; déjouez cette
trame ourdie contre l'innocence, ou
du moins saisissez-en le fil et mon-
trez-en toute la noirceur. C'est par ces
moyens que vous instruirez un esprit
faible encore; et l'horreur que lui ins-
pirera le vice, vu dans ses odieux résultats, ne pourra que tourner au profit de la vertu.

Eugène n'eut point à se reprocher
d'avoir engagé sa femme à lire des ouvrages où la décence ne fût pas respectée; mais, entraîné par les opinions

reçues, il lui avait conseillé d'étudier Emile, pour y puiser des leçons utiles à l'éducation. Sidonie paya quelques vérités, connues bien avant l'époque où parut cet ouvrage, quelques préceptes sensés, mais que la nature enseigne d'elle-même, par le danger des paradoxes nombreux que l'auteur se plaît à soutenir, et dont un esprit peu exercé a peine à reconnaître la fausseté.

Voyant madame de Saint-Léon, séduite par le style enchanteur de Jean-Jacques, Armand espéra qu'il pourrait l'amener à lire cet autre ouvrage du même auteur, où la passion s'exprime ave une énergie si brûlante : peut-être permettrait-elle qu'il le lût avec elle, et alors le succès de son entreprise ne lui paraissait plus douteux.

Sidonie éprouva d'abord quelque répugnance à lire des auteurs dont le chevalier ne parlait jamais qu'avec douleur. Cependant elle céda, d'abord par respect humain, et de peur d'être trou-

vée ridicule; elle lut ensuite par curiosité, et continua, séduite par l'attrait
d'une éloquence trop sûre de plaire,
parce qu'elle parle au cœur, attaque la
raison avec adresse, et l'égare en sem-
blant l'éclairer.

Ces lectures, que Sidonie faisait pour
se distraire, ne parvinrent pas à la rendre
plus gaie. Sa mélancolie semblait même
s'en accroître, et cela devait être : la
vertu n'est jamais si faible, que quand
l'existence est donnée toute entière au
sentiment.

Pour s'arracher à cette tristesse qui
la poursuivait sans cesse, elle eut recours à ses pinceaux, et se rendit un
matin dans son cabinet. Quel fut son
étonnement de voir son tableau terminé
à l'exception des deux figures! « Ah!
Malvina, dit-elle à son amie, qu'avez-
vous fait? ce tableau est charmant; mais
ce n'est plus mon ouvrage.

MALV. Remarquez, je vous prie, le
peu que j'y ai fait; je n'ai point touché

aux figures ; et qui fait le charme de ce sujet ? n'est-ce point ce groupe délicieux ? Pardonnez - moi d'avoir osé joindre mes faibles talens aux vôtres, et finissez bien vite ce pauvre amour, pour le produire dans le monde.

Sid. J'y consens, mais je n'ose plus regarder ce tableau comme de moi.

Malv. Quel enfantillage ! Henri ne vous l'a-t-il pas dit ? on ne fait jamais autrement. L'essentiel, c'est-à-dire, l'invention, la composition, l'expression, tout cela, n'est-il pas de vous ? Au surplus, le public jugera, et je consens volontiers à prendre pour moi le bien ou le mal qu'il dira du paysage. Pour vous, ma chère amie, vous voudrez bien vous réserver les justes éloges qu'obtiendront ces deux figures, si suaves, si voluptueuses.

Sid. Il faut bien vouloir ce que vous voulez ; souvenez-vous seulement que je garde avec le public le plus strict incognito.

MALV. Oh! le secret va toujours sans
dire ; nous le garderons autant qu'il dé-
pendra de nous. Au reste, quel mal y
aurait-il quand on vous devinerait?
M. de Saint-Léon et Henri ne comptent-
ils pas qu'il vous en reviendra quelque
célébrité ? »

Sidonie, dont ce mot chatouillait
toujours l'orgueil, se remit à peindre
avec une nouvelle ardeur ; le petit paysan fut de nouveau mandé à l'ermitage.
Le désir d'être jugée par le public paraissait être le sentiment dominant de
madame de Saint-Léon : elle ne voulait, disait-elle, que de l'impartialité et
des conseils ; elle les eût moins souhai-
tés, si elle n'eût compté en secret sur
les applaudissemens qu'on lui avait promis.

Par suite de cette grande assiduité à
la peinture, Fanny fut à-peu-près abandonnée aux soins de mademoiselle
Germain et de Sophie : on ne l'apportait plus à sa mère que lorsque ses cris

demandaient le sein ; alors Sidonie la caressait, l'embrassait mille fois, puis la rendait à sa bonne, sans entrer dans ces détails minutieux et nécessaires, qui importent tant à la première éducation, et que des gens gagés n'auront jamais, si on ne les surveille avec une attention soutenue. Au fait, comment peut-on attendre d'eux plus de zèle, plus de dévouement que les parens n'en montrent ? Ils sont payés pour cela, dit-on : eh quoi ! l'argent ferait plus sur le cœur d'étrangers, que le devoir le plus sacré, le sentiment le plus naturel sur celui d'une mère ? Puissent ces réflexions engager les jeunes femmes à ne se reposer sur personne des soins que leur impose le doux titre de mère ! qu'elles se fassent aider, mais qu'elles ne croient jamais que rien puisse les remplacer auprès de leurs enfans.

De son côté, madame de Lauzanne croyait avoir tout le soin imaginable de sa petite nièce, parce qu'elle la couvrait

de baisers, et la recommandait sans cesse
aux femmes qui la servaient, et qu'elle
accablait de cadeaux. Cela n'empêcha
pas que mademoiselle Germain, fatiguée d'être éveillée la nuit par les cris
de l'enfant, ne fît porter son lit à l'ex-
trémité du corridor qu'elle habitait, se
reposant ainsi, sur une jeune étourdie,
de la surveillance dont on l'avait char-
gée. Malgré cette négligence, elle n'en
vantait pas moins, à chaque instant du
jour, son affection pour la pauvre petite, et les peines qu'elle se donnait
après elle.

Eugène revint enfin de Paris : il venait apprendre à sa femme l'arrivée de
M. et de madame Derville, qui lui ap-
portaient des nouvelles de Bonval. Derville était cet avocat de Besançon, qui
venait d'épouser Lucie Germeuil.

A peine mariée, Lucie se crut déga-
gée des promesses qu'elle avait faites à
madame de Bonval; elle se regarda
comme maîtresse de ses loisirs, et pour-

5 **

vu, disait-elle, que ses devoirs n'en souffrissent pas, qui pouvait l'empêcher de se livrer à ses premiers goûts? Bientôt elle trouva que la ville de Besançon était pour elle un théâtre bien resserré : qui pourrait y apprécier ses productions? car elle n'avait plus l'intention de se borner aux poésies légères; c'est un grand ouvrage, un poème épique, une tragédie qu'elle voulait entreprendre, et Paris seul pouvait lui offrir les moyens nécessaires d'émulation et d'encouragement.

Sans confier tous ses projets à son mari, elle parvint aisément à lui persuader qu'un homme de son mérite ne devait pas s'ensevelir dans une ville de province. Il trouverait dans la capitale plus d'occasions d'accroître sa réputation et ses talens; c'est là seulement qu'il pouvait espérer d'acquérir une fortune indépendante, et peut-être arriver aux grandes magistratures. Pleins de cette idée, ils avaient entrepris le

voyage de Paris, et venaient y jeter les
fondemens d'un prochain établissement.

Lucie s'empressa de venir voir la
fille de sa bienfaitrice ; elle lui plut
extrêmement. L'admiration, que lui cau-
saient la grâce et les talens de Sidonie, parut si sincère ! et elle l'exprimait
si *poétiquement* ! Madame de Saint-Léon
jura qu'elle n'avait jamais vu de femme
plus aimable que madame Derville, et
appuya vivement le projet qu'elle avait
de se fixer à Paris.

Dans la jeunesse on se lie vite, et dès
qu'on est lié, on rêve à la confidence
qu'on fera. Une confidence est en amitié, ce qu'est une déclaration en amour;
elle accroît et cimente l'affection. Sidonie apprit donc à Lucie le secret de
ses projets, de ses études, et de ce tableau qui devait commencer sa réputation, et reçut en échange les aveux de
Lucie, sur la passion dont elle était toujours dévorée pour la poésie. Toutes
deux s'encouragèrent à poursuivre la

carrière des beaux-arts; et elles dirent
tant de choses à ce sujet , qu'elles
auraient cru, après cette conversation,
manquer à un devoir sacré, à un véritable
engagement, si elles eussent consenti à
négliger d'aussi brillantes inspirations,
pour suivre la route commune.

L'aveu d'un égarement l'augmente
presque toujours : quand nous le dissi-
mulons, c'est la preuve qu'il trouve en
nous, et en dépit de nous, un censeur
sévère; avons-nous un témoin, un con-
fident de notre faiblesse, elle acquiert à
nos yeux la consistance d'une chose
connue, et se fortifie ensuite par les
encouragemens de la flatterie, ou la stu-
pide admiration de l'ignorance.

M. de Saint-Léon , pendant son séjour à l'ermitage , fut honnête et contraint avec sa femme, et d'une froideur
affectée avec Malvina. Sûre de sa conquête, celle-ci était chaque jour moins
prudente, et des yeux plus clairvoyans
que ceux de la comtesse et de Sidonie,

eussent aisément reconnu en elle une
rivale triomphante, plus vaine que tendre, et dont l'orgueil dédaignait déjà
de s'abaisser à feindre.

Sidonie devenait de plus en plus
triste : elle était sûre que cette tristesse
n'échappait pas à son mari; cependant il
ne lui en demandait pas l'explication ;
donc il la craignait. Elle tomba dans
une sorte de découragement, et renonça
à faire renaître l'amour, dans un cœur
qu'elle croyait perdu pour elle : elle
abandonna jusqu'aux soins de sa parure, et n'osait même plus répandre ses
inquiétudes dans le sein de sa tante : elle
frémissait de l'air courroucé dont madame de Lauzanne regardait quelquefois Eugène ; et chérissant toujours le
coupable, elle craignait à chaque instant de voir un orage éclater sur lui.

Malvina, d'intelligence avec Armand,
recevait froidement toutes les ouvertures que Sidonie lui faisait sur ce sujet,
et l'engageait à se faire une raison sur

un *mal général*. Osiez-vous croire, lui
disait-elle, qu'à l'âge de votre mari vous
trouveriez en lui un Celadon, un *pastor
fido ?* Ce changement vous afflige,
parce que vous ne connaissez pas le
monde. Si j'en crois tout ce qu'on
dit, y a-t-il dans Paris une seule maison, où *Monsieur*, se livrant à l'in-
constance, ne laisse à *Madame* la liberté
d'être infidèle ? Voilà les mœurs du jour;
tout cela se fait sans troubler la paix, la
bonne intelligence, et vraiment vous
exigez trop d'une raison encore bien
faible. Dans quelques années, votre
mari, revenu de ses égaremens, n'en sen-
tira que mieux le prix de l'amitié, et
le bonheur, peut-être un peu bourgeois,
de vivre en famille. »

Plus aigrie que soulagée par de si
étranges consolations, Sidonie ne trouvait d'allégement à ses peines, qu'en en
causant avec Armand. Elle n'avait près
d'elle qu'un véritable ami, et elle le
fuyait : le chevalier, désespéré, devi-

naît tout, voyait tout, et gémissait en
secret ; ses yeux, en rencontrant les
tristes regards de Sidonie, se remplis-
saient de larmes, et il ne pouvait voir,
sans en être déchiré, cette fleur encore
dans son printemps, déjà battue par le
vent des passions, et prête à périr par
leur souffle empoisonné. N'ayant rien
pu gagner sur l'esprit de la comtesse,
dont la faiblesse avait souvent le caractère de l'entêtement, il résolut d'avoir
un entretien particulier avec sa jeune
amie, et de lui parler un langage propre à convaincre sa raison et à toucher
son cœur.

~~~~~~

CHAPITRE XX.

Plein de ce projet, le chevalier prit
un moment où Eugène était à Paris,
Armand et Malvina à la promenade,
et la comtesse occupée avec ses gens
d'affaires. Il s'achemine vers le cabinet
de Sidonie, et s'arrête un instant à la
porte, craignant d'échouer dans sa généreuse entreprise. Enfin il entre, mais
bientôt il recule; un spectacle, révol-
tant pour des yeux aussi chastes que les
siens, l'empêche d'avancer. Sidonie se
lève, et va à lui, en lui demandant pourquoi il n'entre pas, et la prive d'un plaisir devenu si rare. — « Je vous suis, madame, dans votre appartement, si vous
voulez bien m'y conduire; jamais, non
jamais, je n'entrerai dans ce lieu. »

Frappée de son ton sévère, elle le suit
en tremblant, et arrivée dans sa chambre,

elle se jette dans sa bergère; le chevalier ferme la porte, et s'assied ensuite près d'elle.

« Je vous cherchais, madame, lui dit-il, pour causer avec vous, et vous demander la permission d'user encore du droit que vous daigniez me donner, dans un temps qui n'est pas fort éloigné : mes conseils furent quelquefois goûtés par vous.

SID. Ah ! croyez qu'ils le seront toujours ; que toujours ils me seront chers : mais pourquoi cet air sévère, ce ton réservé ? ne suis-je plus votre enfant, cette élève que vous preniez plaisir à former à la vertu ?

LE CH. La vertu ! Ah, madame ! ce nom seul ne fait-il pas naître dans votre âme quelque regret, quelque.... repentir.

SID. Du repentir ?.... grand dieu !.... De quoi me repentirais-je ? qu'ai-je fait dont je doive rougir ?

LE CH. O déplorable aveuglement !

Eh quoi! c'est l'innocente Sidonie, cette jeune personne, si pleine de candeur et de modestie, qui ne voit même pas qu'elle blessait, au moment où je viens de la surprendre, toutes les lois de la décence.

Sid. Mon dieu! monsieur, vous m'effrayez; serait-ce donc cet enfant, qui me sert de modèle, qui vous a si fort scandalisé?

Le Ch. *avec force*. Oui, madame, oui; et j'ai frémi en voyant par quels degrés imperceptibles, on arrive à braver des lois, qu'on regardait comme aussi chères que sacrées.

Sid. Quelle indécence trouvez-vous, à avoir un enfant à demi-nu sous les yeux?

Le Ch. Un enfant de dix ans, madame, n'est plus un enfant: à cet âge, et plus jeune encore, on fait aisément la distinction du bien et du mal. Comment fera-t-on entendre à présent au pauvre Antoine, que les vêtemens sont nécessaires à la décence, et que dans aucun cas il n'est permis de la violer.

SID. Songez, de grâce, que c'est un paysan, bien lourd, bien borné; à peine cela pense-t-il.

LE CH. La conscience parle, long-temps avant que l'esprit se développe, et votre malheureuse imprudence peut laisser dans cet enfant, si lourd, si borné, des traces profondes et dan-gereuses. Vous-même, madame, par-donnez à mon zèle, vous-même, eussiez rougi, il y a deux ans, de ce qui vous pa-raît aujourd'hui si naturel. Ce n'est que par degrés que vous êtes arrivée à cette étude, révoltante pour la pudeur : ce n'est aussi que par degrés que vous avez cédé à l'empire de cette mode inexcusable, qui fait chez les femmes un vêtement de leur nudité, mode nui-sible à la beauté, et qui traîne à sa suite tous les maux de la vieillesse. La jeunesse n'est plus *jeune*, quand les in-firmités l'attaquent, quand la fraîcheur

4 *

disparaît : mais hélas ! elle perd plus encore que la santé, en perdant cette modestie, cette candeur naïve qui fait son plus grand charme. Une femme ne sait plus rougir, lorsqu'elle s'est accoutumée à voir les regards de la curiosité, je pourrais dire plus, dévorer les formes d'un corps à peine voilé par de légers vêtemens : elle ne sait plus rougir, lorsqu'elle s'est fait un jeu de réfléchir, de raisonner sur le torse d'un Apollon, ou d'un Antinoüs; et plus que tout encore, quand d'un œil attentif et scrutateur, elle prend, comme des leçons d'anatomie, sur le corps vivant, et que sa main imprudente en trace une fidèle esquisse.

Sɪᴅ. Comment peindre sans modèle ?

Lᴇ Cʜ. *vivement*. On ne peint point les objets qni répugnent à la décence.

Sɪᴅ. Dans les ateliers...

Lᴇ Cʜ. Ah ! madame, eussiez-vous jamais dû y paraître ? Laissez, laissez

cette triste et dangereuse ressource à
l'infortunée qu'un mauvais sort et un
talent réel jettent dans cette carrière;
encore ne la leur indiquerais-je pas; elle
offre trop d'écueils pour les femmes.

Sɪᴅ. Quoi ! vous leur ôteriez une
ressource, qui peut leur être si utile
dans l'adversité ?

Lᴇ Cʜ. Il en est qui savent allier, à la
nécessité de se faire un état, les bienséances dont leur sexe ne doit jamais
s'écarter. Les fleurs, le paysage, la
miniature, leur offrent des moyens
de se faire connaître avec avantage,
et le public leur sait gré d'une modestie
qui, sans nuire à leur talent, le présente sous le jour le plus favorable. »

Le chevalier s'aperçut que Sidonie
devenait triste et rêveuse : il se tut un
moment, lui prit la main avec tendresse,
et lui jura que, loin de vouloir l'affliger,
il n'avait désiré causer avec elle, que
pour alléger le poids douloureux qui
l'oppressait. Madame de Saint-Léon,

surprise, tenait les yeux fixés sur lui,
comme pour l'interroger. « Eh quoi !
ajouta-t-il, vous croyez pouvoir être
malheureuse, sans que votre vieil ami s'en
aperçoive, sans qu'il pleure et souffre
avec vous ! »

Trop touchée pour rien dissimuler,
Sidonie fondit en larmes, et s'écria
qu'elle était la plus à plaindre des
femmes, et à plaindre pour toujours.
M. de Mirbel, au lieu de s'amuser à la
consoler par des espérances qu'il n'avait
point, et ne voulant pas manquer cette
occasion de lui donner des conseils, entra avec elle dans le détail de sa position. Il lui fit envisager les dangers
qu'elle courait avec de perfides amis,
dont il laissa entrevoir les odieux projets, n'osant point encore les lui dévoi-
ler avec toute la certitude qu'il croyait
avoir acquise : il lui indiqua ensuite les
moyens qui pourraient l'en affranchir,
lorsqu'elle aurait assez d'empire sur
elle - même, pour en faire usage :

d'abord, une séparation prompte et absolue avec des gens indignes de son intimité et de son estime; puis, avec son époux, une patience inaltérable, également éloignée de l'indifférence et des reproches amers, triste sans humeur, et tendre sans exigeance.

Sidonie, ébranlée par les discours du chevalier, défendait cependant Armand et Malvina, cherchant dans des objets plus éloignés la cause de ses chagrins. M. de Mirbel soutenait son opinion avec douceur, et commençait à lui faire comprendre que ses prétendus amis, élevés dans le sein des plaisirs, et n'ayant consacré leur vie qu'à l'étude de ce qui plaît, sans s'occuper de ce qui est bien, ne pouvaient avoir ces principes d'honneur et de religion, sans lesquels l'amitié n'est qu'un vain nom ou un piége dangereux.

Sidonie l'écoutait avec attention, et paraissait goûter cet entretien; il fut interrompu par la comtesse, qui entra

en accourant, et comme ayant quelque
chose de fort pressé à dire. Elle venait en effet apprendre à sa nièce l'arrivée d'Henri et de sa femme, madame Vervoni, de mesdames de Folville, de Derville et de Lucie, et enfin
de M. Lormeau, excellent joueur de
clarinette. Sidonie avait déjà entendu
parler de ce M. Lormeau; c'était un
homme jeune encore, et d'une figure
assez belle, quoique commune et sans
expression, ayant cette assurance qui
fait supposer le mérite, et se louant de
si bonne foi, qu'on n'aurait osé penser
le contraire, et moins encore le lui
dire. Esclave en apparence de mesdames de Folville, il trouvait le secret
de leur faire faire ce qu'il voulait; et,
tandis qu'il jouissait, grâce à elles, du
privilége d'être reçu dans le monde,
elles s'applaudissaient de voir un *homme
à talent* enchaîné à leur char.

Cette arrivée inattendue fut un triste
dénouement pour une conversation qui

pouvait avoir de si utiles résultats.
M. de Mirbel ne s'aperçut que trop, du
plaisir avec lequel cette nouvelle était
accueillie. Recevoir madame Vervoni
était si flatteur, si glorieux ! le premier
talent de l'Europe! une femme que les
souverains avaient honorée de leurs
suffrages! On ordonne bien vite un dîner
recherché, on pense à sa toilette, et
l'on vole au salon. Le chevalier, affligé
de voir ses avis infructueux, se présenta à Sidonie au moment où elle s'é-
lançait vers la porte, et lui dit avec émotion. « Puis-je espérer que notre conversation laissera quelque trace dans
votre souvenir ? — Sans doute ;...... et
vos bontés ,...... l'intérêt que vous m'a-
vez témoigné.... — Vous pèsent :.....
avouez-le , l'ami sincère ne vous paraît
pas si aimable que le traître qui tue et
qui flatte. — Qu'y a-t-il, mon oncle?
s'écria la comtesse, en prenant Sidonie
par la main, il me semble que vous
grondez cette chère enfant : la voilà

toute triste, toute émue. — Je lui ai dit,
madame, des vérités que vous avez dé-
daignées.—Ah! ciel! vous lui aurez fait
un mal affreux : deviez-vous, monsieur,
sur de simples appréhensions... — Et
vous, madame, devez-vous exposer un
enfant sur une mer si fertile en nau-
frages? quels gens venez-vous encore
de lui annoncer?— Des gens célèbres,
extraordinaires. — Eh! morbleu! madame, des gens célèbres! Lays fut célèbre aussi, en auriez-vous fait l'amie de
votre nièce? — Mais, monsieur!... —
Oui, madame, je me lasse et me lasserai
toujours de voir admirer des gens chez
lesquels les talens les plus frivoles tien-
nent lieu de vertus et de conduite : de
mon temps...—De votre temps, et plus
loin encore, on allait chez Ninon. —
Oui; quelques esprits forts de ce temps-
là, qui préludaient à ce temps-ci, et
puis, pourquoi ne prendre du grand
siècle que les travers? Adieu, madame,
je vous fatigue encore, je le vois; mais

de deux choses l'une, il faut, ou que
je cesse de venir chez vous, ou que vous
vous décidiez à m'y voir remplir le rôle
d'un ami sincère ;.... choisissez. »

M. de Mirbel s'en alla brusquement
après cette sortie, et tandis que la comtesse le suivait pour appaiser, disait-elle,
cette grande colère, madame de Saint-
Léon s'empressa d'aller recevoir madame
Vervoni, plaignant sincèrement en elle-
même ce *pauvre* chevalier, qui avait
tant d'amitié pour elle, mais qui tenait
aussi trop opiniâtrement à ses vieux
préjugés.

~~~~~~

CHAPITRE XXI.

MADAME de Saint-Léon s'était fait de
la cantatrice un portrait brillant, et se
la représentait comme une beauté d'une
expression céleste. Elle entre, et ne voit
qu'une petite femme, d'un extrême embonpoint, d'un visage commun et cou-
vert de rouge, qui lui fait, d'un ton
assez cavalier, des excuses sur sa visite
inattendue. Sidonie rougit, se décon-
certe, baisse les yeux, et ne peut s'empêcher de regretter l'aimable fantôme
que son imagination avait créé. Henri
paraît étonné de ne pas trouver M. de
Saint-Léon à l'ermitage ; il l'avait cependant prévenu de la partie qu'il devait y faire, et ils s'étaient donné rendez-vous. La comtesse répondit qu'il
viendrait sûrement plus tard, et pro-
posa une promenade qui fut acceptée.

Ce fut bientôt une partie fort bruyante ;
les dames se cachèrent dans le bois , les
hommes les appelaient, les cherchaient,
les trouvaient, et alors, c'étaient des cris,
des éclats de rire beaucoup plus étour-
dissans que gais. Sidonie ne prenait aucune part à ces plaisirs ; sa tante l'en
gronda , et lui dit qu'elle était beaucoup
trop sérieuse pour une jeune personne.
« La liberté de la campagne, ajouta-
t-elle, autorise ces jeux innocens. » Par
obéissance , et toujours par ce respect
humain qui fait faire tant de choses, Sidonie se joignit à la bande joyeuse ; et,
comme il est plus facile de crier que
de rire, elle imita les cris de ces dames ,
et la comtesse de s'extasier sur les délices de la vie champêtre.

Eugène arriva pendant qu'on était au
jardin, et approuva beaucoup une manière de passer son temps, où il n'y a ni
conversation, ni règle à observer, et qui
se prête si bien aux tendres *à parte*.

La cloche du dîner rappela la société

à la maison, les dames revinrent toutes
décoiffées et avec des robes en lambeaux ; ce fut une nouvelle occasion
de s'amuser. Madame Vervoni riait plus
haut que personne, et semait son discours de phrases un peu *gaies*, dirons-
nous un peu *lestes*, qui faisaient rougir Sidonie, et auxquelles Malvina ri-
postait, avec une feinte ignorance qui
arrachait un sourire à la bonne comtesse. Sidonie elle-même, à la fin du
dîner, fut moins sur la réserve, et quoiqu'incapable de prendre une part active
à la conversation, elle écoutait avec
moins de répugnance, et ne put même
retenir deux ou trois éclats de rire.
Elle aurait voulu pouvoir s'en empêcher ; mais c'était *si drôle !* et puis,
son mari, sa tante, étaient là : d'ailleurs, elle n'était plus une petite fille,
et une femme peut se prêter à la plai-
santerie. Voilà les gradations que suit
le mal : s'il se présentait de face, il ferait reculer ; plus adroit, il accoutume

à son odieuse présence, en prenant di-
vers masques, qu'il laisse, tomber l'un
après l'autre ; et lorsqu'enfin il se présente avec sa figure naturelle, il n'étonne
plus ; on s'était familiarisé avec lui.

Le chevalier, témoin des jeux bruyans
qui avaient précédé le dîner, s'était es-
quivé adroitement; et, pénétré de chagrin, il aurait juré de ne jamais remettre
les pieds chez la comtesse, s'il n'eût senti
la plus tendre pitié pour Sidonie. Après
le dîner, l'on retourna dans le jardin :
la cantatrice s'empara de Sidonie, en-
tama avec elle une longue conversation
sur la sensibilité, l'amitié, l'amour et le
bonheur. Fidèle aux maximes d'une phi-
losophie aussi obscure que voluptueuse,
elle répétait, d'après un auteur dont
l'esprit délié et profond semble se jouer
des difficultés et promener l'attention
de son lecteur dans un labyrinthe mé-
taphysique, où la raison a peine à se
reconnaître, elle répétait, dis-je, avec
emphase, que l'amour est le feu créa-

teur, le flambeau de l'âme, la vie dans la vie, etc.

Sidonie écoutait, cherchait à comprendre et ne comprenait pas : ce qui lui semblait clair n'était pas de son goût; mais bonne et timide, elle approuvait ce qu'elle n'entendait pas, et applaudissait à des sentimens qui, bien qu'un peu dangereux, trouvaient leur excuse dans un cœur tendre et indulgent. Elle se tint cependant sur la réserve, s'étonnant de se sentir si peu d'attraits pour une virtuose.

Le moment de l'enchantement approchait : on pria madame Vervoni de chanter; elle se fit prier une petite demi-heure seulement, car elle était dans son jour de complaisance. Elle dit à Armand de l'accompagner, et, après avoir bouleversé dix fois la musique de Sidonie, elle choisit un grand air italien, qui se prêtait merveilleusement à sa voix. Son organe était pur, et sa méthode parfaite; elle faisait des choses extraordi-

naires, comme en se jouant, et ne causait
pas moins de surprise que de plaisir. Sidonie ne savait comment exprimer son
étonnement et son admiration ; sa physionomie disait tout, et madame Vervoni
s'en contenta. L'éloignement que madame de Saint-Léon s'était senti pour
elle, s'affaiblit ou plutôt disparut entièrement ; celle qui possédait un talent si
rare, ne pouvait être qu'une femme
extraordinaire, et c'était s'honorer que
de la connaître et d'en faire son amie.

La comtesse se creusait l'imagination
pour peindre son ravissement. Madame
de Folville, que rien n'embarrassait,
parce que l'embarras d'exprimer suppose un sentiment profond, que les
cœurs rétrécis ne connaissent point ;
madame de Folville donc se hâta,
comme à l'ordinaire, d'être l'inter-
prète de l'admiration générale, et s'en
acquitta avec cette abondance stérile, si
commune en société. Héloïse la secon-
dait, et trouva quelque plaisir à louer

4 **

excessivement madame Vervoni, parce qu'en l'élevant si haut, il lui semblait rabaisser d'autant Sidonie.

Madame Derville n'avait rien dit; cachée dans un coin du salon, et le crayon à la main, elle fit quelques vers sur le pouvoir de l'harmonie, les lut avec enthousiasme, et fut applaudie avec chaleur. Il semblait, à voir cette réunion de têtes exaltées, qu'elles avaient juré de ne pas se laisser mutuellement un seul grain de bon sens.

On était à peine revenu de cet enchantement, lorsqu'une voisine de l'ermitage, femme d'un grand nom, et jouissant dans le monde d'une considération fondée, vint faire visite à madame de Lauzanne, qu'elle voyait de loin en loin. Sidonie ne l'aimait pas beaucoup, parce qu'elle lui trouvait une grande indifférence pour les arts; il lui échappa un signe de contrariété et presque d'humeur, lorsqu'on annonça la duchesse de **. Madame Vervoni aperçut ce geste, et n'entendit pas le nom de la duchesse; en sorte qu'elle ne vit en elle que ce que son extérieur annonçait, une femme simple dans sa mise, dans son ton, dans ses manières, et se borna à lui faire une de ces révérences, que la protection insolente accorde à un humble protégé.

La duchesse y prit à peine garde; la vraie grandeur est modeste et peu exigeante. Elle causa avec madame de Lauzanne, pendant que les autres personnes formaient un groupe autour du piano, et parlaient entre elles avec chaleur. Quelques *fredonnemens* de madame Vervoni, quelques cordes pincées par elle sur la harpe, appelèrent l'attention de la duchesse, qui demanda obligeamment si elle ne dérangeait pas une partie de musique, et pria avec instance que l'on continuât.

Cette prière fut le signal d'une explosion d'enthousiasme et d'éloges. « Vous connaissez sans doute madame

Vervoni?— Non, répondit simplement
la duchesse; mais j'aurai grand plaisir
à entendre madame. » Elle insista assez
pour que madame Vervoni cédât avec
décence, si elle avait voulu céder; ce
n'était pas son intention : elle trouva
fort inconvenant qu'une femme inconnue osât la prier de chanter sans se
mettre à ses genoux, et elle refusa sé-
chement. Madame de Lauzanne en rougit, et crut aplanir la difficulté en nom-
mant adroitement la duchesse : à ce nom
si connu, si imposant, madame Vervoni
se retourne avec quelque étonnement,
regarde fixement la femme qui devait,
à tant de titres, lui inspirer du respect,
et dit négligemment : Je ne puis plus
chanter ce soir. La duchesse jeta sur elle
un regard où la bonté compatissante
adoucissait le dédain, et reprenant sur-
le-champ la conversation qu'elle avait
avec madame de Lauzanne, elle lui demanda des nouvelles de son cocher, qui,
à ce qu'elle venait d'apprendre, était

tombé, quelques jours avant, de son siége.

Madame Vervoni ne put supporter cet air indifférent qu'elle traita d'insulte, et passa brusquement dans le jardin. Les dames la suivirent d'abord, les hommes ensuite, et enfin Sidonie. Elle n'eut malheureusement pas assez de raison, pour apprécier la modération de la duchesse, ni assez de courage, pour condamner l'insupportable orgueil de madame Vervoni.

Cette dernière était fort agitée, et parlait sans ménagement de ce qu'elle appelait l'impertinence de madame de **. Malvina l'approuvait hautement; Héloïse, dont on connaît le caractère indépendant, et la haine pour les convenances sociales, ne voyait, dans la conduite de la duchesse, que les manières hautaines d'une noblesse incorrigible; les hommes raillaient impitoyablement sa laideur et sa tournure.

« Comment, disaient-ils, pourrait-on

avoir le goût du beau, quand on est
fait de cette manière? elle n'a rien pour
elle, pas un trait, pas une forme pas-
sable : aussi est-elle cachée des pieds à
la tête; ne dirait-on pas une robe qui
marche? c'est bien la matière la plus
épaisse, la moins spiritualisée qui se
puisse; et le feu du génie n'a jamais passé
par là. »

Sidonie s'épuisait en vains efforts
pour calmer la signora irritée. La comtesse, devenue libre, vint à son secours;
elle avait l'intention de tout pacifier, et
produisit l'effet contraire. Elle estimait
madame de **, respectait sa vertu, sa
bienfaisance intarissable, et elle était
vraiment affligée de la conduite de madame Vervoni. Elle arriva donc un peu
émue, et lui dit, en prenant toutefois
un ton fort doux, qu'elle regrettait que
la duchesse n'ait pu jouir de son ravissant talent. — Et pourquoi, madame,
me serais-je gênée, pour une espèce
semblable, sans goût, sans délicatesse;

une impertinente, qui ne prie pas, qui commande ?

LA COMTESSE. Une espèce ! une impertinente ! songez - vous , madame , que vous parlez d'une femme titrée, qui appartient à une des premières maisons de France ?

MADAME VERVONI. Il y a , en Europe, mille duchesses comme elle ; il n'y a qu'une Vervoni ; et si nous comptions ensemble, pourrait-elle se comparer à une femme comme moi, qui fixe l'attention des souverains , qui occupe toutes les trompettes de la renommée ? elle qu'on connaît à peine dans son propre pays. »

Tout le monde baissa les yeux et se tut. Madame de Lauzanne n'avait pas ce sentiment de dignité et cet esprit ferme et froid, qui sait prendre sur-le-champ le parti convenable : elle crut montrer beaucoup de courage, en témoignant, par son silence , qu'elle n'approuvait pas la fière Italienne. Madame de Saint-

Léon et Lucie trouvaient bien qu'elle
avait été un peu trop loin; mais, se di-
saient-elles, il faut passer quelque chose
à un talent si extraordinaire. Tout fut
donc oublié, et l'on obtint de Henri et
de sa femme, qu'ils resteraient quelques
jours à l'ermitage. Bientôt les jours se
métamorphosèrent en semaines, sauf
quelques courses à Paris; et l'ouverture
du salon put seule y ramener madame
de Lauzanne, sa famille, et sa bruyante
société.

Enivrée par les éloges dont ses amis
l'accablaient chaque jour, Sidonie ne
pensait plus qu'à une chose, ne voyait
qu'un seul objet : la gloire et la célébrité.
Sa sensibilité était comme suspendue
par cette funeste chimère; et lorsque la
froideur d'Eugène venait attrister son
âme, elle redoublait d'ardeur pour l'é-
tude, s'imaginant que quelques succès,
quelques louanges, pouvaient tenir lieu
d'amis et de bonheur. Nous verrons
l'effet de l'expérience sur cette erreur,

hélas! trop commune, qui dédaigne ou méconnaît les jouissances de la vie intérieure, et remplace, par les agitations brûlantes de la vanité, la douce chaleur des vertus et du sentiment.

Sidonie s'était appliquée à son tableau, avec tant d'assiduité, qu'à peine avait-elle eu le temps de s'apercevoir qu'Eugène était aux petits soins avec Malvina, qui, sûre de son triomphe, devenait chaque jour moins réservée. Chaque jour aussi, Armand se montrait plus tendre pour madame de Saint-Léon, et leur familiarité, quoique décente encore, passait les bornes de la circonspection.

A son arrivée à Paris, la comtesse n'eut rien de plus pressé que d'aller chez son oncle; il la reçut froidement, et lui demanda comment se portait son *académie* ? « Bien, répondit madame de Lauzanne, en souriant; nous l'avons encore augmentée.

Le Ch. Ce n'était pas bien néces-

saire; et quelle est cette précieuse ac-
quisition?

La C. Madame Vervoni, l'étonnante
madame Vervoni.

Le Ch. Ah! cette dame, que j'ai vue
arriver à l'ermitage? et que faites-vous
de l'étonnante madame Vervoni?

La C. Personne ne chante comme
elle.

Le Ch. Peste! voilà un mérite so-
lide, un grand motif de préférence.

La C. Elle vient ce soir chez moi;
si vous voulez l'entendre, vous en serez
ravi.

Le Ch. Elle va ce soir chez vous?
est-ce une chose sûre?

La C. Oui, vous y pouvez compter.

Le Ch. Je suis bien aise de le savoir,
parce qu'alors je n'irai vous voir que
demain.

La C. Pourquoi donc? je croyais
que vous aimiez la musique.

Le Ch. Sans doute, j'aime la musique; mais je n'aime pas *que la mu-*

sique, et chez vous on ne trouve que cela. A mon âge, ma nièce, les plaisirs des sens ne font qu'effleurer; je leur préfère ceux du cœur et de l'esprit, et c'est vainement que je cherche à me les procurer; je cours partout pour cela, partout je suis assailli d'un concert, d'une lecture, de charades en actions, ou de gens endiablés, qui remuent sans cesse ce triste et odieux procès de la révolution. Je me demande où s'est ré-fugiée cette grâce brillante et aimable, cette urbanité si chérie des Français d'au-trefois, ce charme heureux de la conver-sation qui faisait passer des heures si douces, tenait l'esprit en haleine, rap-prochait le savant d'une jolie femme, le guerrier de l'artiste, et mettait la plai-santerie sous l'égide de la décence. A présent, ma nièce, on ne s'amuse plus que par saccades : l'intérêt cède le pas à l'admiration; l'enthousiasme, l'éternel enthousiasme est à la mode, et chaque sentiment doit être *un hymne du cœur.*

Je vous l'ai déjà dit mille fois, les arts sont tout aujourd'hui, parce qu'ils parlent aux yeux, et font du fracas; la science, qui nourrit l'esprit et élève l'âme, n'est rien.

La C. Je ris toujours de votre grande colère contre les arts, que vous aimez pourtant, et que vous savez apprécier : ne trouvez-vous pas qu'il faut beaucoup d'esprit et de savoir pour être peintre, par exemple ?

Le Ch. Oui parbleu! et le peintre qui remplit toutes les conditions nécessaires pour exceller dans son art, doit être un homme profondément instruit, un excellent observateur. Il ne se borne point aux superficies, il étudie tout, parce qu'il veut rendre tout avec vérité. Tel est Molvel, s'il faut un exemple, l'honnête Molvel, cet artiste estimable qu'on ne voit plus chez vous : chacun de ses tableaux est une belle pensée; quelle âme! quelle expression! quel choix dans ses sujets! quelle connaissance du cœur humain! Tout est grand, noble dans ses compositions; la pudeur peut y arrêter ses regards sans rougir, le vice s'y voit dans toute sa difformité, et la vertu dans tout son éclat.

La C. Je suis bien aise de voir aussi mon cher oncle capable d'enthousiasme.

Le Ch. Molvel me l'inspire, et j'en conviens hautement : l'admirer, c'est rendre hommage au bon, au sublime; voilà l'artiste que j'aime. Mais vous voulez que je me mette à genoux devant un homme qui ne sait faire que des figures sans expression, des sujets sans poésie? ou bien que je m'extasie devant un gosier qui ne se distingue que par des roulades? et vous en faites des personnages qu'il faut qu'on adore bon gré, mal gré?

La C. Est-ce que vous voudriez les bannir de la société?

Le Ch. Non, dieu m'en garde! ils sont nécessaires à nos plaisirs; il est bon d'ailleurs que quelqu'un s'attache aux difficultés pour les résoudre; cela peut faciliter l'étude des arts. Mais, morbleu! ma nièce, s'exagérer le mérite d'une foule de peintres et de musiciens, et s'en entourer jusqu'à faire tourner la tête aux jeunes filles, jusqu'à devenir la belle-mère d'une clarinette!

La C. De qui parlez-vous donc?

Le Ch. Eh! vous le savez bien.

La C. Non, d'honneur.

Le Ch. Quoi! vous ignorez l'aventure de la belle Héloïse? en effet, il n'y a pas eu de billets de part.

La C. J'arrive, et j'ignore complétement.

Le Ch. Eh bien! écoutez la merveilleuse histoire de mademoiselle Héloïse, Héloïse de Folleville, Héloïse troisième du nom. Parbleu! ce fut un heureux choix que ce nom d'Héloïse, il lui a porté bonheur.

La C. Expliquez-vous, mon cher oncle, je brûle d'impatience.

Le Ch. Or donc, ma nièce, vous

apprendrez que la Julie moderne, la nouvelle *nouvelle Héloïse*, avait un amant incognito, dont personne ne se doutait; c'était Lormeau, ce M. Lormeau qu'on vous a présenté à l'ermitage. Vous savez qu'il était devenu l'ombre de la mère et de la fille : appelé d'abord pour accompagner Héloïse sur la clarinette, il avait fini par l'accompagner partout, et semblait à madame de Folville un complaisant fort agréable ; mais elle était loin de le regarder comme un mari digne d'une fille, pour laquelle elle avait cru jusque-là pouvoir prétendre aux plus brillans partis. La fille recevait des lettres, lettres, dit-on, fort brûlantes, et qu'elle ne brûlait pas : la mère les a surprises; de là, grand vacarme, grandes représentations. Vous pensez bien qu'elle y mit tout le *respect*, que les mères doivent à leurs filles, dans ce siècle de lumières, où l'on a changé tant de choses : elle y a peu gagné, et la tendre Héloïse a ré-

pondu avec cette noble familiarité que
vous lui connaissez : « Ma mère, tu
m'as appris que les hommes sont égaux,
que le temps n'existe plus, où des parens tyranniques forçaient leurs filles à
épouser des despotes, ou à s'ensevelir
dans les sombres horreurs d'un cloître :
j'ai donc cru pouvoir prendre un homme
de mon choix. M. Lormeau me plaît, il a
un talent supérieur ; ses solos sont admi-
rables, les journaux commencent déjà
sa réputation, elle parcourra le monde.
Je sens la dignité de mon sexe, tu le sais ;
eh bien ! je serai plus fière d'être ap-
pelée madame Lormeau, que de porter des titres sans gloire. La première
clarinette de l'Europe vaut cent fois plus
à mes yeux qu'un duc et pair, qui ne
serait pas transcendant !

Ce style, si souvent applaudi par
madame de Folville, l'a trouvée cette
fois peu disposée à l'admiration ; elle
a grondé, crié, réclamé les droits de
l'autorité maternelle ; on dit *qu'on a vu*

même en ce désordre affreux une main incivile, et peut-être un peu féodale, tomber brusquement sur la joue de mademoiselle Héloïse. La mère a prétendu que ces belles maximes étaient bonnes pour la conversation ; que cela était vrai, peut-être, en général; mais qu'*elle*, née d'un sang illustre, ne pourrait se mésallier ainsi, sans déshonorer sa famille. Qu'en est-il résulté ? le lendemain de l'explication, le couple amoureux a disparu , et l'on n'en a plus entendu parler. On croit, sans en avoir pourtant la certitude, qu'ils ont pris le chemin de Londres, et qu'ils se sont unis sur cette terre classique de la liberté.

La C. J'en suis au désespoir ! mais comment madame de Folville a-t-elle pu me laisser ignorer cette cruelle aventure?

Le Ch. Oh! la bonne dame est franche, expansive ; elle ne garde aucun des secrets qu'on lui confie : en revanche , le sien lui échappe rarement.

Celui-ci a éclaté bien malgré elle ; et, comme il n'y a pas de remède, comme elle vous sait fort entichée de la *petite* Saint-Léon, c'est ainsi qu'elle en parle ; comme enfin elle vous connait assez, pour ne pas craindre que vous changiez rien à ce que vous vouliez faire pour sa fille, elle n'aura pas cru urgent de vous en instruire, mais elle se déchaîne à belles dents contre elle, et son ressentiment est tel, qu'elle parle aujourd'hui tout aussi ouvertement de ses défauts, que naguère elle célébrait ses prétendues perfections.

La C. Pauvre mère ! que je la plains, et que son sort me touche !

Le Ch. Voilà une sensibilité qui lui sera bien utile. Vous la plaignez, il est bien temps ; n'eût-il pas mieux valu, par des conseils bien positifs, bien fermes, la prémunir contre ce qui lui arrive ? ne vous l'ai-je pas dit cent fois ? je voyais bien où cela en viendrait. Une folle, une extravagante, qui élève sa fille dans

tous les travers à la mode ! qui en fait
une amazone, un perroquet déraison-
nant, prête à soutenir une thèse sur le
contrat social, et ne sachant pas son ca-
téchisme ; impertinente, sans respect
pour la vieillesse, plaisantant sur les devoirs les plus sacrés, les coutumes les
plus sages, et qui ne souffrait pas qu'on
raillât le moindre de ses chiffons ! Pour
moi, je ne suis pas fâché qu'elle soit
madame Lormeau ; elle aura le temps
de s'en repentir, et son exemple apprendra peut-être aux mères, qu'il est
plus important de former sa fille à la
vertu, que d'en faire une *virago*, visant
au merveilleux, à l'extraordinaire....

La C. Oublions les torts de madame
de Folville ; elle est trop malheureuse,
pour qu'on puisse les lui reprocher sans
cruauté. J'y cours ; puissé-je la consoler ! N'y venez-vous pas avec moi,
monsieur ?

Le Ch. Non, ma nièce ; à quoi sert
de porter des remèdes aux morts ? Le

mal est fait ; et puis, que ferais-je là ? je
raisonnerais, on me répondrait de travers, je m'impatienterais, je m'empor-
terais peut-être.... Toute réflexion faite,
il vaut mieux que je reste. »

CHAPITRE XXII.

Madame de Lauzanne alla donc seule chez madame de Folville, elle la trouva en effet exaspérée au dernier point. Ses yeux étaient secs, et son ton encore menaçant, comme si Héloïse eût été là pour l'entendre : elle paraissait moins occupée du regret d'avoir perdu sa fille, que du ressentiment de sa conduite. Ce n'était pas ainsi que la comtesse s'était représenté la douleur d'une mère : elle allait mêler ses larmes à celles de madame de Folville ; ses bras s'ouvraient pour la serrer contre son sein ; elle savait comme on console les tendres infortunes :.... elle ne sut plus que dire à une mère en fureur.

C'était principalement contre l'ingratitude de sa fille que madame de Folville exhalait ses plaintes. « En être ainsi

traitée, disait-elle ; moi, qui l'aimais
tant! moi, qui ne lui ai jamais fait sentir l'autorité d'une mère ! Vous le savez,
ma sœur ; dès son enfance, j'ai supporté
ses caprices, ses défauts même, avec
douceur : j'ai voulu qu'elle fût heureuse
au moins en commençant la vie ; tant
d'amertumes nous attendent plus tard !
A quoi m'ont servi tous ces sacrifices?
à être méprisée, trahie. L'ingrate! la
malheureuse ! comme elle s'est conduite avec moi! comme elle m'a trompée ! devenir amoureuse d'un fat, d'un
homme de rien, d'un Lormeau ! Une
fille comme elle, objet de toutes mes
complaisances! c'en est fait; je l'abandonne, et ne la verrai de ma vie ! »

La comtesse essayait de la calmer,
en lui faisant espérer qu'un jour sa fille
pourrait mériter son pardon. « Jamais,
s'écria la mère irritée; jamais une femme
comme moi ne reconnaîtra pour gendre
un Lormeau : qu'on ne me le propose
point, qu'on ne l'espère point. »

Madame de Lauzanne voyant que sa présence et ses consolations étaient inutiles en ce moment, prit congé de sa belle-sœur, et alla raconter chez elle l'aventure qu'elle venait d'apprendre. Sidonie en fut affligée autant que surprise; la fuite de sa cousine lui paraissait sans excuse : « Mais, disait-elle, sa mère aurait peut-être mieux fait de céder à ses vœux, puisque le jeune homme a un grand talent? La célébrité est une espèce de noblesse, et l'amour nivèle tout. »

C'est ainsi qu'on raisonne à dix-huit ans : on voit le bonheur partout où est l'amour; on ne sait pas encore que son flambeau est comme un feu follet qui égare dans l'obscurité. Le voyageur suit cette flamme légère, il croit qu'elle lui indique l'asile qu'il désire; son cœur bat plus vite, il sourit à la pensée du plaisir dont il va jouir, du plaisir qu'il causera ;... il hâte le pas :... la flamme disparait, et le charme est évanoui.

Hélas ! Sidonie touchait elle-même à
ce moment cruel, où l'on n'est détrompé qu'en devenant malheureux.

L'exposition des tableaux venait de
commencer, et l'on s'y portait en foule.
L'ouvrage de Sidonie avait obtenu,
grâce aux démarches de Henri, une
place favorable, et la notice l'indiquait
sous ce titre : *L'Espérance conduisant
l'Amour ; par madame de* **. Madame de Saint-Léon allait tous les jours
au salon, et se tenait peu éloignée de
la place qu'occupait son tableau. Il
était charmant, et attirait la foule : on
le blâmait, on le louait tour à tour ;
tour à tour aussi, l'aimable auteur pé-
tillait de joie, ou frissonnait de crainte
et de chagrin. Enfin, un jour qu'elle
était à son poste, des jeunes gens,
qu'elle reconnut aisément à leur langage pour être des artistes, s'arrêtè-
rent devant le tableau, et semblèrent
prendre à tâche de l'anatomiser. « Ce
n'est point mal, dit l'un d'eux ; éton-

nant même, si c'est d'une femme. —
Bah! d'une femme et compagnie.—Le
sujet est féminin du moins ; l'exécution
est gracieuse, mais faible. Le paysage
seul annonce un pinceau exercé. —
Tenez, voyez à droite ; ne sont-ce pas
là des coups de maître , ou du maître ,
si vous l'aimez mieux ? Les tableaux
sont comme les royaumes gouvernés
par des femmes ; tout y marche bien,
parce qu'un favori tient les rênes. Un
tableau de femme est toujours charmant; l'idée vient d'elle, elle ébauche,
et l'amant finit.—Messieurs, ce groupe
n'est point indifférent, et il faut que l'auteur ait vu l'amour de près pour le
rendre aussi bien.—Cet enfant-là est, il
me semble, un bel adolescent. — Ah !
mes amis, il y a long-temps que nos
belles n'ont plus affaire à l'amour timide;
dans le siècle où nous sommes, on ne
s'amuse plus de ses enfantillages. — Je
voudrais connaître l'auteur; voilà une en-

5 **

seigne qui permet *l'espérance* d'un succès, et on pourrait le tenter, si la dame
est jolie. — Nigaud, ne vois-tu pas que
la dame inconnue aime un amour bien
nourri, bien rebondi? Crois-moi, ta
pâleur sentimentale et ta maigreur réus-
siraient mal auprès d'elle..... — Tu
es d'une sévérité pour ces pauvres
femmes! — Que veux-tu, mon cher?
quand les femmes se font hommes, on
a carte blanche avec elles. Sois bien convaincu que les femmes ne peindraient
pas l'histoire, s'il n'y avait quelque plaisir
à avoir de beaux modèles sous les yeux.»

Ces mots furent accueillis par un rire
général, et l'essaim d'étourdis passa plus
loin. Sidonie, accablée, restait à la même
place sans avoir la force de s'arracher au
jugement terrible qu'elle venait d'entendre. Armand, qui l'accompagnait,
causait en ce moment avec quelqu'un,
et fut très-étonné, en se retournant vers
elle, de la trouver pâle, tremblante et

comme inanimée. « Vous vous trouvez
mal, lui dit-il?—Oui, oui, emmenez-moi,
je me meurs ici. » Il s'empressa de la conduire à sa voiture, et ne put en obtenir
deux mots pendant le trajet. Rentrée
chez elle, Sidonie court se renfermer
dans son cabinet. Malvina, prévenue
par Armand, frappe à sa porte, et s'in-
forme de sa santé : sa voix fait tressaillir madame de Saint-Léon; elle lui
répond qu'elle a besoin de repos, et
s'obstine à ne point lui ouvrir. Cet in-
cident ajouta aux peines de Sidonie :
à la honte qui l'accable, vient se mêler un sentiment indigne d'elle, et qui
toujours lui fut étranger ,... l'envie.

Les éloges accordés au paysage reten-
tissent encore à son oreille : ce qu'on
blâme de son tableau est d'elle, ce qu'on
en admire est l'ouvrage d'une autre. Un
retour sur elle-même lui fait sentir que,
si elle se fût tenue à ce genre, plus convenable à son sexe, elle n'aurait pas été
si outrageusement traitée, si indigne-

ment jugée. Ce qui augmente encore
son chagrin, c'est l'embarras de le confier; elle ne peut s'y résoudre, et préfère
dévorer cet affront et ses larmes.

Elle se servit du prétexte accoutumé
pour ne pas paraître de la journée. Une
migraine, fit-elle dire, l'obligeait de se
coucher, et l'empêchait de recevoir qui
que ce soit. La comtesse, alarmée, entra dix fois dans sa chambre, sur la
pointe du pied, et entr'ouvrant les ri-
deaux de la malade, pour voir si elle
n'en obtiendrait pas un mot : la malade
qui ne dormait pas, feignait de dormir,
et était assez injuste pour être fatiguée
des soins de l'amitié. L'humeur est la
compagne de l'orgueil déçu ; la douceur
et l'humilité ne peuvent naître que d'un
repentir sincère.

Après une nuit très-agitée, Sidonie
se lève ; et, pour échapper aux feintes
caresses de Malvina, elle s'empresse de
passer dans la salle à manger. Pendant
le déjeûner, Eugène, toujours contraint,

prend le journal, et après l'avoir par-
couru : « Ma chère , dit-il à sa femme,
voilà un article qui vous concerne. —
Comment cela? répond Sidonie en rougissant. — Il y est question de votre tableau , et avec éloge. Tenez, écoutez.

« Ce tableau est d'une jolie composi-
« tion , et annonce des dispositions heu-
« reuses. Le paysage est riche , bien
« coloré, et la perspective traitée avec
« soin ; les figures, groupées avec goût,
« sont faiblement dessinées, et l'on y
« remarque plus de grâce que de cor-
« rection. On pourrait dire que l'espé-
« rance est représentée sous des traits,
« qui conviendraient mieux à la volupté
« qu'à un sentiment doux et tranquille ;
« on doit regretter qu'une femme n'ait
« pas su saisir cette nuance. Le bras
« droit et les jambes de l'amour laissent
« beaucoup à désirer; l'auteur l'aurait-
« il fait sans modèle? Si cela est, l'art
« peut en souffrir, mais la décence ap-
« plaudit. »

MALV. Voilà un impertinent journaliste.

SID. *piquée*. Vous ne devez pas le trouver tel, il rend justice au paysage.

MALV. Il ne dit rien de choquant des figures.

SID. Sa critique peut être fondée, mais elle est vive, et vous en jugeriez de même si elle s'adressait à vous.

MAL. Vous n'avez pas eu la prétention de faire un ouvrage parfait, et des encouragemens accordés à un auteur inconnu sont des éloges.

SID. Oh! je sais bien que vous ne donnerez pas tort au juge, il vous fait gagner votre procès.

EUG. Je crois, ma chère, que vous prenez les choses trop vivement, et l'article doit vous causer plus de satisfaction que de chagrin; vous ne pouviez pas, comme dit mademoiselle, vous attendre à des louanges sans restriction.

SID. *piquée*. Et vous aussi, monsieur, vous ne voulez pas sentir ce que cet article a de désagréable, que dis-je, d'humiliant pour moi?.... me reprocher un sujet immoral!

MALV. *riant*. Bah! n'est-ce que cela? vous êtes bien bonne de vouloir plaire à des moralistes comme ceux-là : on connaît les mœurs de messieurs les journalistes, et cela nuit un peu au succès des petits sermons dont ils nous régalent de temps en temps.

SID. *fièrement*. Je ne m'occupe pas de la conduite de l'écrivain; mais je dois être peinée de me voir traitée sévèrement par lui, quand la raison et la décence semblent être de son côté. Il a mal jugé mon intention : mais je commence à croire que sa critique n'est pas sans fondement.

LA C. Mon dieu, ma chère, votre délicatesse vous trompe; vous vous exagérez....

SID. *les larmes aux yeux*. Non, madame; chaque réflexion ajoute à mes regrets, et j'eusse désiré trouver des

amis assez sincères, pour m'empêcher
de commencer, ou au moins de livrer
au public un tableau indécent.

Eug. Voilà un véritable enfantillage :
un article de journal, l'opinion d'un seul
homme, vous fait croire que vous êtes
coupable ! Ma foi, nos auteurs mo-
dernes ne se laissent point battre ainsi ;
ils savent bien se relever de leurs chutes,
et l'on ne voit aujourd'hui que des morts
qui ressuscitent.

La C. Eugène, votre gaîté l'afflige.

Malv. Eh ! madame, son affliction
augmenterait bien davantage, si, en la
partageant, nous avions l'air d'en ap-
prouver la cause.

Sid. *sèchement*. Je vous dispense de
vos consolations, mademoiselle ; aussi
bien est-il plus aisé, pour certaines gens,
de ne pas croire aux peines de leurs
amis ; cela les dispense d'y compatir.

Eug. Vous avez mal saisi l'intention
de Malvina, et son amitié...

Sid. Son amitié ? je la connais,... je

l'apprécie chaque jour davantage. (*Elle se lève pour sortir.*)

MALV. *avec hauteur.* Si je vous suis importune, madame, c'est à moi de sortir : vous êtes la maîtresse ; mais souvenez-vous que je ne resterais pas long-temps, dans une maison où l'on voudrait me faire sentir la dépendance.

SID. *souriant froidement.* La dépendance, mademoiselle ? vous ne l'avez jamais connue, et je crois que vous ne connaîtrez jamais.

LA C. Eh bien ! ma chère, où allez-vous ? qu'est-ce que cela veut dire ?

EUG. Laissez, madame ; ce sont des vapeurs, que le grand air dissipera.

LA C. Je veux la suivre, son chagrin m'inquiète ;... Eugène, ne venez-vous pas ?

EUG. Non, madame ; quand le nuage sera passé, j'irai jouir du beau temps.

LA C. Je pourrai donc vous faire avertir ?

EUG. Comme vous voudrez. »

Madame de Lauzanne sortit fort triste,
et mécontente de M. de Saint-Léon; sa
froideur pour sa nièce chérie commençait à l'alarmer sérieusement.

Elle courut dans la chambre de Sidonie, et la trouva baignée de larmes. « Je
suis perdue, disait-elle, je suis déshonorée : où me cacherai-je, si l'on vient
à me connaître pour l'auteur de ce tableau? — Ma chère, lui disait sa tante,
votre tableau est un modèle de pudeur,
comparé à une foule d'autres, compo-
sés par des femmes. Vous en avez vu
dont les indécentes et maladroites nu-
dités ont excité le rire, et provoqué de
sales plaisanteries : ma Sidonie est loin
d'un pareil travers ; un enfant, une
femme, sont ses seuls modèles.

SID. Ma tante, cessons de nous faire
illusion : M. de Mirbel a voulu m'éclairer; que n'ai-je suivi son conseil! que
n'ai-je conservé Zoé pour amie !

LA C. Comment pouvez-vous la regretter?

SID. Quand je vois celle qui la remplace ; quelle différence!

LA C. Suspendez votre jugement, ma chère; l'émotion que vous éprouvez pourrait vous rendre injuste.

SID. Dieu veuille que je me trompe! toutefois, ou j'ai été bien aveugle sur le compte de Malvina, ou son caractère et ses manières ont changé ; elle est, depuis quelque temps, d'une arrogance, d'une sécheresse!

LA C. Elle n'a pas votre moelleux dans les manières ; mais je réponds du fonds. Eh! ma chère, n'avez-vous pas vu mille fois des gens cesser d'être aimables, du moment où ils sont vos amis reconnus? ils ont fait une dépense d'esprit, de grâces, de soins affectueux pour mériter votre amitié; l'ont-ils acquise? tout est fini, ils comptent sur vous, ils veulent que vous comptiez sur eux, et ils restent froids et muets. Un grand malheur les retrouverait sensibles, empressés; et s'ils venaient à vous

6 *

perdre, ils ne se consoleraient pas de n'avoir plus cet ami, pour le bonheur duquel ils n'ont rien fait pendant sa vie. Il y a des gens comme cela; Malvina en est peut-être, et....

Sid. N'en parlons plus, ma tante; le temps dévoile tout.

La C. *après un moment de silence.* Voulez-vous que je fasse avertir votre mari? il sera charmé de vous voir.

Sid. Il sait que nous sommes seules; s'il ne vient pas, il faut croire que cela n'entre pas dans ses arrangemens.

La C. Il vous voyait affligée.

Sid. L'affliction doit-elle éloigner les vrais amis?

La C. Ah! tenez; en voilà un que le ciel nous envoie.... Venez, mon cher Armand, venez consoler ma nièce d'un sot article de journal. Je vous laisse avec elle; je sors pour une affaire, et serai absente une heure au plus. De grâce, Armand, ne quittez pas Sidonie que je ne sois rentrée,... faites un peu de musique ensemble;... adieu, mon cœur, adieu. »

La comtesse sortit, laissant Sidonie triste, inquiète, et Armand trop heureux de ce tête à tête. Il en profita pour amener habilement madame de Saint-Léon à se plaindre de son sort, et même, chose terrible, à se plaindre encore de son mari. Il entra dans ses raisons, la plaignit, lui prodigua les louanges les plus adroites; et, lorsqu'il la vit attendrie, il risqua une déclaration si long-temps retenue, et dont il croyait à présent le succès assuré.

Sidonie l'écouta avec une surprise difficile à dépeindre; son innocence, sa grande jeunesse avaient entièrement éloigné de son esprit la pensée d'un tel amour: il lui semblait que le titre respectable de femme mariée devait arrêter tout désir coupable, tout sentiment trop tendre. Elle regardait donc Armand avec des yeux étonnés, qui le déconcertèrent, plus que n'aurait pu faire le plus violent courroux. « Vous rêvez, lui dit-elle enfin, et vous me parlez un langage, qui ne convient, ni à vous, ni à moi. » Il renouvela alors ses protestations, et le fit avec une telle insistance et d'un ton si expressif, que Sidonie, passant de l'étonnement à l'effroi, lui reprocha d'abord avec amertume, puis avec colère, l'hypocrisie qui lui faisait feindre un sentiment honnête, lorsqu'il en nourrissait un si coupable et si outrageant pour elle. Revenant ensuite à sa dignité naturelle: « Retirez-vous, fuyez loin de moi, lui dit-elle; j'avais cru trouver un ami vertueux, ce bonheur ne m'était pas réservé, et je commence à voir, ajouta-t-elle avec émotion et en détournant la tête, qu'en quittant ma mère, j'ai dû renoncer à toute félicité. »

Confondu par ce ton imposant qu'il n'avait pas cru madame de Saint-Léon capable de prendre, Armand sortit fort mécontent, et douta pour la première fois du succès d'une amoureuse entreprise : c'était, il est vrai, la première fois, comme on l'a déjà dit, qu'il s'adressait à une femme honnête. Dans ce désappointement, qu'il avait peine à comprendre, il se demandait à lui-même s'il était vrai que la vertu existât, et comment il se faisait qu'elle eût tant d'ascendant sur le crime? Malvina, confidente de ses peines, et presque de son repentir, s'efforça de le détourner de cette *mauvaise pensée;* et, soit en le raillant de ce qu'elle appelait son défaut de courage, soit en exaltant à ses yeux l'honneur du triomphe, elle l'excita à faire de nouveaux efforts pour réussir. Furieuse de la hauteur avec laquelle Sidonie l'avait traitée le matin, elle voulait s'en venger à tout prix ; pouvait-elle méditer une plus terrible vengeance?

La femme, qui a franchi les lois de l'honnêteté, et qui ne tient pas même à la vertu par ses remords, est le monstre le plus redoutable de la société. Elle déteste, elle hait dans les autres l'innocence qu'elle a perdue ; elle voudrait la détruire dans tous les cœurs, pour que la corruption qui la dégrade devenant générale, elle n'ait plus à rougir de la honte qui la suit en tout lieu.

Il fut décidé, entre Armand et Malvina, qu'il jouerait le rôle d'un homme vertueux, mais entraîné par la violence d'une passion, qu'il avait tenté vainement de combattre. Il supplierait Sidonie de lui pardonner, et de l'aider, par ses bontés, par ses conseils, à rentrer dans le chemin de l'honneur ; heureux d'être guidé par elle, et promettant de se conformer à tout ce qu'elle ordonnerait. Il écrivit dans ce sens, et la faible Sidonie en fut émue : le premier mouvement, chez elle, avait été donné au devoir ; le second fut pour la vanité. Quoique sincèrement attachée à la vertu, elle n'était pas insensible à la gloire d'avoir fait une conquête, et elle commençait à trouver moins coupable, l'homme qui avait cédé au pouvoir de ses yeux. Elle lut sa lettre, par pitié, disait-elle; la relut par l'effet d'une faiblesse coupable; et la déchira pour se rendre la paix de la conscience. « Ce pauvre Armand! pensait-elle intérieurement, il me fait peine; il n'a jamais aimé peut-être, et il aura cédé à son penchant, avant de savoir que c'était de l'amour... Quel malheur! il est aimable, bon; je l'aimais :... n'importe, je ne dois plus le voir; je ne dois pas lui répondre... Ah! qu'il va être triste ! »

Madame de Saint-Léon, ne voulant pas avoir l'air de céder le champ de bataille à Malvina, se rendit au salon au moment du dîner. Malvina y était déjà, occupant le piano; Eugène paraissait lire à côté d'elle. « Vous ne faites plus de musique, ma chère, dit-il à Sidonie, en la regardant à peine.

SID. Pardonnez-moi, monsieur, j'en fais dans ma chambre; vous savez que j'y ai un piano.

MALV. *continuant de jouer.* Il est commode d'avoir un piano chez soi : je suis souvent contrariée, d'être obligée de descendre ici pour en trouver un.

S ɪ ᴅ. *finement.* Il n'y a pas grand mal à cela ; la musique est surtout bonne en société, et *ici* vous n'êtes pas seule. Si j'avais su y trouver M. de Saint-Léon, je ne serais pas restée chez moi à chanter dans le désert.

E ᴜ ɢ. *embarrassé.* J'arrive à l'instant.

S ɪ ᴅ. *souriant.* Je donnerai ordre à mes gens de me dire quand vous rentrez, et je viendrai alors m'établir au salon ; car je vois que c'est le moyen de vous rencontrer quelquefois.

E ᴜ ɢ. De me rencontrer? il ne tiendrait qu'à moi de prendre ceci pour un reproche ; vous oubliez que nous avons déjeûné ensemble.

S ɪ ᴅ. Il n'est pas mal d'oublier quelquefois.

M ᴀ ʟ ᴠ. Je ne croyais pas que ce plaisir-là fût à votre usage.

S ɪ ᴅ. *la fixant.* Peut-être suis-je entraînée par la force de l'exemple : il est des gens qui oublient le bien ; moi, je voudrais ne perdre que la mémoire du mal.

MALV. *avec nonchalance.* Voilà une petite maxime chrétienne et sentimentale qui m'enchante ; et si le dévot chevalier était là, il vous donnerait sa bénédiction.... Ah ! voilà la bonne tante. »

La conversation en resta là ; ce fut le prélude d'un dîner fort triste, fort court, et qui parut encore trop long. Quelques jours se passèrent de la même manière, c'est-à-dire avec inquiétude, de la part de Sidonie, imprudence et faiblesse, de la part de son mari. Malvina, impertinente de sang froid, et spéculant sur le malheur des autres, oubliait que la charité seule l'avait admise dans cette maison, où elle portait la désolation et la honte.

~~~~~~

CHAPITRE XXIII.

ARMAND, furieux de ne point recevoir de réponse de Sidonie, et d'avoir trouvé sa porte fermée, jurait de triompher d'une novice, qui, disait-il, lui aurait l'obligation de ne l'être plus long-temps. Connaissant l'influence des arts sur son esprit, il se décida à donner un concert public dans une salle de spectacle : il para son honteux projet du beau nom de bienfaisance, et ce ne fut pas la première fois que la vanité, le désir de paraître, arrachèrent à l'insensibilité des secours en faveur de l'indigence. Armand envoya à M. de Saint-Léon des billets pour lui et ces dames ; persuadé, lui disait-il, qu'elles ne refuseraient pas de concourir à une bonne œuvre. En donnant ces billets à sa femme, Eugène fut étonné de la trouver froide et incer-

taine ; il l'en railla, l'accusa de caprice,
et l'obligea de les accepter. Madame de
aint-Léon fut enchantée de recevoir
cet *ordre :* elle avait résisté autant que
le devoir l'exigeait ; son mari *commande,*
il ne lui reste qu'à obéir. « D'ailleurs, se
isait-elle, je n'y vais point pour Armand, je ne le verrai point ; j'accom-
agne mon mari, et je soulage les pauvres ; y a-t-il le moindre mal à cela ? »
lle répondait non ; mais en dépit de
ous ses raisonnemens, elle éprouvait
ertain trouble de conscience, qu'elle
rut appaiser en envoyant dix louis au
ureau.

Elle fut ensuite très-occupée du soin
e sa parure. Un concert est un rendez-
ous où il est convenu qu'on s'ennuierait
la mort, si les femmes n'y trouvaient
'occasion de briller, et les hommes,
elle de les admirer. Une autre raison
aisait aussi agir madame de Saint-Léon;
aison qui la gouvernait à son insu,
raison honteuse, qui se gardait bien de

paraître dans toute sa difformité; et laquelle? La coquetterie : non cette coquetterie qui ne consiste qu'à se com-
plaire dans une robe d'une forme nouvelle ou d'une étoffe riche, mais celle
qui veut plaire et enlever les suffrages;
celle qui regarde un amant comme une
propriété qu'on ne veut pas perdre,
encore bien qu'on ne veuille pas le
payer de retour.

Madame de Saint-Léon arriva au concert, éclatante de beauté et d'élégance.
Tous les yeux se tournèrent sur elle;
elle ne put douter qu'elle seule fixait
l'attention, puisque Malvina, assise au
fond de la loge, évitait de se montrer,
afin de dérober au public sa coupable
intelligence avec Eugène. Ce triomphe
fit palpiter le cœur de Sidonie; Eugène
en était témoin, pouvait-elle n'en pas
jouir? Si Eugène eût été absent, y aurait-elle été moins sensible? toutes les
dames oseront-elles résoudre ce pro-
blème?

Le concert fut brillant et varié : Armand y fut applaudi avec fureur; jamais succès ne fut plus complet, ni moins contesté. La comtesse, Eugène et Malvina le louèrent avec leur exagération accoutumée, et cherchèrent à le rencontrer en sortant, pour le féliciter : ils l'aperçurent sous le vestibule, où beaucoup de monde attendait. Lorsqu'il parut, les bravos éclatèrent de toutes parts; on se pressait autour de lui, on cherchait à s'en faire remarquer et à fixer son attention par un éloge *neuf*. Celui qui avait obtenu un regard, un mot du triomphateur, se retirait avec fierté, et semblait voir d'un œil dédaigneux la foule empressée et moins heureuse que lui.

Armand jouissait de sa gloire, en homme qui y est accoutumé; il souriait, faisait une réponse modeste d'un air qui l'était fort peu, passait de l'un à l'autre avec une aimable négligence, et c'est à peine, s'il daignait recueillir les lau-

riers dont on l'accablait. Tout-à-coup
sa figure prend une autre expression ;
il aperçoit la famille de Saint-Léon,
vole à elle, et salue profondément la
véritable héroïne de cette fête. Ce n'est
plus ce vainqueur enivré de sa victoire ;
esclave, et tremblant lui-même, il semble attendre son arrêt de ces yeux char-
mans qu'il interroge d'un regard soumis.
O femmes, femmes, voilà de ces choses
qui vous font tourner la tête! Vous
jouissez follement d'un triomphe qui
n'est que le présage de votre défaite, et
vous vous croyez l'arbitre d'un homme,
qui cache sous d'humbles dehors moins
de passion que de perfidie, moins de
crainte que de témérité, moins de délicatesse qu'une insultante opinion de
votre vertu.

La faible Sidonie oublia dans ce moment des résolutions que l'honneur avait
dictées : elle ne put voir sans en être
flattée les hommages que lui rendait
Armand; hommages, si différens de ces

politesses légères qu'il adressait aux
autres femmes. Elle ne put voir surtout
sans émotion la pâleur qui couvrit son
visage, lorsqu'elle le salua d'un air froid.
Elle mêla donc peu à peu ses louanges
à celles de sa famille, et finit par souffrir
qu'Armand lui donnât la main jusqu'à
sa voiture. Ce ne fut qu'avec une peine
extrême qu'ils percèrent la foule, tout
le monde voulant voir l'Amphion moderne, et la grâce personnifiée dans Sidonie. Armand semblait s'oublier pour
ne s'occuper que d'elle, et lui disait
tout bas : « Si cette journée, madame,
me fait obtenir mon pardon, ce sera
vraiment un jour de triomphe pour
moi : si je ne puis vous fléchir, je quitte
Paris cette nuit même, pour n'y plus
revenir.

Troublée par un désespoir qu'elle
croyait véritable, mais encore retenue
par le cri de la conscience, si puissant
dans une âme qui n'est qu'égarée et
non criminelle, Sidonie hésitait, et ne

6 **

savait que répondre ; lorsque la comtesse, joignant Armand : « Voilà, dit-
elle, une éternité qu'on ne vous a vu,
venez donc dîner demain avec nous. —
Je ne puis, madame, avoir cet honneur-
là. — Et pourquoi ? — Une affaire...
bien triste,... m'obligera, je crois, à
m'absenter de Paris. — C'est une trahison ; nous ne souffrirons pas cela :
n'est-ce pas, ma nièce, nous ne le souffrirons pas ? — Sans doute, madame,
répondit Sidonie en rougissant et détournant la tête ; monsieur ne doit pas
quitter une ville où la gloire et les plaisirs...—Les plaisirs, madame ! croyez-
vous qu'il en soit encore pour moi ?.....
la gloire ne saurait non plus me retenir.
—Que ce soient donc vos amis, reprit
Sidonie en balbutiant, et elle ajouta
d'une manière à peine intelligible, tant
sa voix était altérée : Apportez-moi demain le dernier morceau que vous venez de chanter. »

Elle se jeta, à ces mots, dans sa voiture,

fâchée contre elle-même, préoccupée, et
dans un malaise indéfinissable. Cette soirée, où elle s'était promis tant de plaisir,
était désenchantée pour elle : elle était
mécontente de tout, de la chaleur, du
bruit, de la petitesse de la salle, de la
longueur du concert, de la partie ins-
trumentale : elle se sentait lasse, accablée ; elle souffrait enfin. Que ne des-
cendait-elle au fond de son cœur ! elle
y aurait vu la cause secrète du mal ; on
ne peut être content de rien lorsqu'on
est mécontent de soi-même.

Armand était au comble de ses vœux :
habile dans l'art de séduire, il savait
qu'une première faute en entraîne de
plus grandes ; il s'était déclaré l'amant
de Sidonie, Sidonie le souffrait encore,
elle était donc à lui.

On peut croire qu'il fut exact le lendemain au rendez-vous : il prit avec madame de Saint-Léon un air réservé, mé-
lancolique, respectueux, qui la tran-
quillisa, et lui fit croire que, si Armand

n'avait point été assez maître de lui pour étouffer une passion naissante, il était assez vertueux pour la combattre et la vaincre, du moment où elle lui paraissait criminelle. Elle lui pardonna, elle en eut pitié; elle crut cette pitié innocente;... combien elle se trompait.

Que ne m'est-il donné de bien convaincre les femmes, que, lorsqu'elles cèdent à cette compassion funeste que leur inspire un amant rebuté, ce n'est point un baume salutaire qu'elles versent dans un cœur sensible et délicat, mais une arme de plus qu'elles donnent contre elles, à un vainqueur superbe, indiscret, qui jouit moins de sa victoire que du cruel plaisir de s'en vanter, mettant au-dessus du bonheur d'être aimé, la honteuse gloire d'afficher sa conquête.

CHAPITRE XXIV.

Pour ne point interrompre le récit qui
concerne Sidonie, nous avons omis de
dire en son temps ce qui se passait en
Franche-Comté. Madame de Saint-Léon
l'avait elle - même ignoré long-temps,
et ce n'est qu'avec tous les ménagemens
qu'exigeait sa position, qu'on avait pu
le lui apprendre.

On se rappelle que madame de Lezeville devait accoucher vers la fin d'août ;
ce moment arriva, et augmenta le bonheur de la famille. Jamais il n'y en eut un
plus pur, plus parfait, que celui de Clémentine et d'Amédée : amour, santé,
fortune, deux enfans, embellissant le
présent, et animant l'avenir des plus
douces espérances ; que pouvaient-ils
désirer de plus ? rien, sinon de ne point
appartenir à ce monde, dont l'instabi-

lité serait désespérante, sans la pensée
d'une autre vie. Effectivement, à peine
rétablie de ses couches, et au moment
où tout respirait près d'elle le bonheur
et le plaisir, Clémentine vit son fils aîné
tomber dans un état de langueur, qui
l'enleva en peu de temps, sans qu'on pût
en bien assigner la cause.

M. et madame de Lezeville ressen-
tirent ce malheur, avec toute la sensibilité de leur âme, avec toute l'amertume
d'une première douleur. Amédée tomba même dans une profonde mélancolie
qui parut altérer sa santé : cette circonstance, qui aggravait les chagrins de sa
femme, sembla lui donner un courage
surnaturel; elle renferma dans son cœur,
dans ce cœur si cruellement blessé, ses
regrets et ses soupirs; son mari ne trouva plus dans ses yeux que la douce résignation qui naît de la piété; il ne vit
dans ses actions que cette bonté agis-
sante, dont la sublime abnégation n'est
sensible qu'aux peines des autres. Clé-

mentine ne connaissait pas cette délicatesse romanesque, qui étudie un chagrin, l'approfondit, le dissèque, pour
le ressentir dans toute son horreur : elle
mettait au rang des vertus la fermeté
d'âme qui apprend à supporter le malheur, sans pourtant la confondre avec
cette froideur stoïque qui semble y être
indifférente.

Madame de Lezeville nourrissait sa
fille, lorsque Ernest mourut ; soit que la
pauvre enfant eût souffert de la révolution qu'avait éprouvée sa mère, soit que
le germe des dents commençât à la
tourmenter, elle fut prise d'une con-
vulsion terrible, et mourut sur le sein
qui lui donna la vie. Clémentine crut
expirer du coup qui lui ravit sa fille, et
tomba sans connaissance.

Amédée était absent ; madame de
Bonval était seule auprès de Clémentine
quand l'enfant mourut : elle se sent elle-
même défaillir ; elle est nécessaire à sa
fille, elle invoque le ciel, et ses forces

renaissent. Elle enlève, triste devoir
pour une aïeule, elle enlève de ses pro-
pres mains, et éloigne le corps inanimé
de sa petite fille, envoie chercher le
médecin, revient à Clémentine, et lui
prodigue les soins les plus touchans.
L'infortunée ouvre enfin les yeux, les
promène tristement autour d'elle, cherche l'être qu'elle ne reverra plus, arrête
un regard sur madame de Bonval, ré-
fléchit, se rappelle, pousse un cri per-
çant, et s'évanouit de nouveau.

Le docteur Hermann arrive, c'est
l'ami de la maison, c'est un médecin
habile, on peut compter sur ses soins.
Il vole chez madame de Lezeville, et
ne la fait sortir de son évanouissement
qu'avec beaucoup de peine. Pour di-
minuer son oppression, il veut qu'elle
pleure, il lui parle de sa fille : « Ma fille!
répète-t-elle, en regardant fixement le
docteur, je n'en ai plus;.... mais, silence,.... Amédée va venir,.... c'est à
moi à lui dire qu'il n'a plus d'enfant;...

c'est à moi à porter ce nouveau coup de poignard dans une plaie déjà sanglante... quand il me verra calme, résignée, il croira qu'on peut vivre et n'avoir plus d'enfant ;... il se résignera lui-même,... il ne mourra pas. »

Madame de Bonval frémit en entendant ce discours : le ton bref de Clémentine, son visage décomposé, son regard fixe, tout en elle exprimait le désespoir. Sa mère la presse en vain dans ses bras, en vain elle l'arrose de ses larmes ; madame de Lezeville, immobile, lui dit : « Silence,... silence... Amédée vient,... il ne faut pas qu'il voie de larmes;...soyez calme,.. calme comme moi... Ne tuez pas mon mari; il ne faut pas qu'il meure... comme ceux... comme ceux qui sont morts,... vous savez bien.»

On entend une voiture ; c'est Amédée. Madame de Bonval, le docteur, les femmes de Clémentine l'entourent et frissonnent : elle seule est immobile; elle seule fixe la porte. M. de Lezeville entre

et s'arrête; il s'étonne, un noir pressen-
timent le glace, il ne peut rien articuler.
Clémentine se lève, et d'un ton solennel,
« Mon ami, lui dit-elle, tu crois à une
éternité,... tu sais que notre vie est un
passage mêlé d'amertumes et de croix,...
tu sais que la mort commence la félicité
de l'innocence : adorons Dieu, nos enfans sont à l'abri des tourmens qui nous
déchirent.. ils reposent dans son sein....
— Dieu ! dieu ! s'écrie Amédée hors
de lui.—Arrête, cher ami, et consens à
vivre pour ta Clémentine.—Tu veux que
je vive, et le désespoir va trancher tes
jours.—Non,... Dieu me soutient,... il
me fera supporter tout, pour te tenir
lieu de tout... Tiens, vois,... mes yeux
n'ont point de larmes. — Ah ! viens en
répandre dans mon sein! pleurons, pleurons ensemble. »

Amédée serre sa femme dans ses bras,
et fait entendre, à travers mille sanglots,
le nom de sa fille, et les plaintes les plus
touchantes. Clémentine s'émeut; ses

larmes coulent en abondance et lui sauvent la vie. Toute la famille y joint les siennes, et bientôt la chambre retentit des expressions d'une douleur, que son excès avait pu seul réprimer. Cependant, au milieu de ces cruels déchiremens, pas un murmure n'échappe à la mère tendre et chrétienne; elle se sent mourir, et ne songe point à accuser le ciel.

Lezeville n'est plus ce séjour fortuné où la vertu trouvait sa récompense. Il présente un aspect moins enchanteur, mais non moins digne de l'attention des hommes : c'est là que les décrets de la Providence vont s'opérer. Dieu frappe l'innocence des coups les plus sensibles; on croirait qu'il punit, et il éprouve ; il semble détourner son visage, et cependant son œil paternel se repose avec complaisance sur les affligés. Quittons un instant ce beau spectacle de la vertu aux prises avec l'adversité, et revenons à ces heureux du siècle, si malheureux par leurs passions, si tristes dans leurs bruyans plaisirs.   7 *

CHAPITRE XXV.

Eugène, trop amoureux pour vivre loin de Malvina, était gêné chez lui, par la présence de ceux qu'il avait un si grand intérêt de tromper. Sidonie, presque rebutée par le triste succès qu'avait obtenu son tableau, sentait vivement les premières épines de la carrière qu'elle voulait parcourir, et son cœur cherchait à reprendre des forces dans le sein de l'amitié. Elle ne retrouvait dans son époux, ni tendresse, ni confiance; Malvina l'inquiétait, Armand était trop amoureux pour être un ami fidèle; la comtesse ne savait que la chérir sans avoir l'art de la diriger. Que faire? malheureuse et inquiète, Sidonie ne voulait plus sortir et reçut peu de monde; elle recueillait les moindres paroles de son mari, et épiait jusqu'à ses gestes, jusqu'à ses regards. Cela mettait Eugène dans une contrainte perpétuelle, et il pensa que le seul moyen de s'y soustraire, était de faire de sa vie un cercle perpétuel de plaisirs, de donner des bals, des concerts, et même à jouer, puisque c'était le plus sûr, comme le plus déplorable moyen d'attirer la foule.

Sidonie combattit vainement les projets de son mari; le temps n'était plus, où, maîtresse absolue, elle n'avait qu'à désirer pour être obéie. Cette dissipation, quoique forcée, la jeta dans une sorte d'étourdissement tel, que le souvenir de ses malheurs, et de ce qu'elle se devait, trouva à peine place dans son esprit. Il faut avoir un grand fonds de raison, d'expérience, et par-dessus tout l'habitude de la réflexion, pour ne pas se laisser entraîner au torrent du monde. Rien de plus dangereux à la sagesse, que d'être continuellement occupé *à égayer l'ennui de sa vie mondaine, en variant sans cesse ses plaisirs, et de n'avoir d'au-*

*tres soucis, que ceux qui naissent de la
satiété de ces mêmes plaisirs* (1).

Madame de Saint-Léon fut cependant frappée d'une circonstance qui aurait dû lui ouvrir les yeux. Elle donna un fort beau bal, et la presque totalité de ses anciennes connaissances refusa d'y venir sous différens prétextes. Elle s'en affligea, en parla à sa tante, qui ne vit là qu'un hasard singulier, rien autre chose qu'un pur effet du hasard.

La fête fut très-gaie, et n'aurait rien laissé à désirer, si la réserve et le bon ton y eussent présidé. Madame Vervoni, instruite des refus que Sidonie avait essuyés, lui présenta une foule d'artistes, d'acteurs, et même quelques actrices en réputation. La réunion de pareils individus ne peut manquer d'être gaie, puisqu'ils sont, par état et par goût, dévoués au plaisir. Leur imagination, leurs études, sans cesse dirigées vers des objets

(1) Massillon.

rians et légers; leurs principes peu sévères, et une liberté qui se permet tout,
voilà ce qui les rend si aimables et si
dangereux. Ils louèrent avec grâce la
maîtresse de la maison, l'assurèrent
qu'ils brûlaient depuis long-temps du
désir de la connaître, d'après l'éloge
qu'ils en avaient entendu faire; que,
pour cette fois, la renommée, qui
exagère ordinairement, était restée au-
dessous de la réalité, et que ce qu'ils
voyaient méritait bien plus encore que
la célébrité dont jouissait madame de
Saint-Léon.

Ce mot de *célébrité* était pour Sidonie
un talisman qui ne manquait jamais
son effet: on lui dit qu'elle est *célèbre* ;
la voilà heureuse, la voilà consolée. Les
leçons de l'expérience, les conseils de
la sagesse sont oubliés : ce n'est plus une
femme ordinaire, elle plane dans une
région supérieure; elle a déjà beaucoup
fait pour la gloire, elle fera encore davantage; ses succès ramèneront son

époux à ses pieds, et commanderont partout l'admiration. Voilà le songe de la vanité; que le réveil en est pénible!

La réunion bizarre, dangereuse, mais piquante par son originalité, qu'offrait cette soirée, était un vaste champ pour l'observateur. M. de Mirbel, se promenant autour de cet essaim joyeux, semblait une ombre rébarbative, irritée de voir tant de folies, et les condamnant par sa présence. Son air imposant, la dignité de ses manières, sa politesse exquise, quoique très-froide dans cette circonstance, sa parure antique, riche et soignée, tout chez lui contrastait d'une manière frappante avec ce qui l'entourait. C'était un spectacle extraordinaire et vraiment nouveau, pour cette jeunesse, qui le considérait, et se pressait autour de lui avec autant d'inconvenance que de légèreté. Une actrice connue par ses grâces, sa malice et sa hardiesse, lui demanda avec une feinte ingénuité si son habit lui venait par suc-

cession, et s'il appartenait à la race des
Carlovingiens, ou à celle des Mérovin-
giens. « Jamais, lui répondit le chevalier avec une politesse mêlée de dignité,
on ne m'a fait une question plus flat-
teuse; elle prouve, madame, que vous
croyez ma famille aussi ancienne que la
monarchie : je dois cependant l'avouer,
ma généalogie ne remonte qu'à 500 ans,
d'une noblesse toute militaire, et qui a
rendu quelques services à la France.
Mon habit n'est pas tout-à-fait si an-
cien, mais il m'a été donné par mon
bisaïeul, et il est sans tache, comme
vous voyez; j'espère le passer dans le
même état à mes arrière-neveux. Si
mon respect pour les dames me le permettait, je me hasarderais à vous demander, madame, si votre robe date
d'aussi loin, ou s'il en faut chercher
l'origine dans quelque chronique moderne?—Je la tiens aussi de mes ancê-
tres, et ils datent de plus loin que les
vôtres : ce sont la joie et le plaisir. —

Je ne m'étonne plus, si le tissu en est si léger; avec de tels parens, votre postérité, madame,.... — Oh! sa postérité, nous nous en chargeons, dit un élégant, en se souriant dans une glace; nous nous en chargeons; ma parole. »

M. et madame Derville étaient engagés à ces réunions. Leur séjour à Paris n'avait pas encore produit l'effet qu'ils s'en promettaient: le nom de Derville était à peine connu. Il avait déjà plaidé plusieurs causes, et non sans quelque succès; mais comment asseoir une réputation nouvelle, au milieu de tant de réputations acquises? On recherche le talent en province, parce qu'il y est rare; il faut à Paris un mérite transcendant, pour y être distingué.

Au lieu d'attendre du temps et de l'étude, sinon cette fortune brillante que Lucie lui avait fait espérer, au moins l'existence honorable attachée à sa profession, Derville crut qu'un moyen de se faire connaître promptement, était

d'étendre, le plus qu'il lui serait possible, ses relations de société. Il allait
donc assidument chez madame de Saint-
Léon, où il savait qu'on voyait beaucoup
de monde. Par suite de cette idée, et
pour acquérir ce qu'en affaires on appelle des amis, il était d'une extrême
complaisance pour tout le monde; parlait beaucoup et avec facilité, mais ne
contrariait aucune opinion. Il acceptait,
de quelque part qu'elles vinssent, les
invitations de déjeûner, les parties de
chasse, ou de bois de Boulogne : il était
de tous les pique - niques, cherchant
partout des cliens et des protecteurs, et
ne trouvant que des compagnons de
plaisirs. Il remarqua qu'on jouait beaucoup dans les sociétés qu'il fréquentait;
il se fit joueur, mais toujours par sys-
tème, et dans l'espoir d'accroître ses
connaissances, ne craignant pas de ha-
sarder son argent, contre des gens
qui, disait-il, le lui rendrait un jour au
centuple en lui confiant leurs affaires.

Etait-ce un bon calcul ? la suite nous l'apprendra.

De son côté, Lucie était bien reçue partout, parce que partout elle faisait de jolis vers en l'honneur de *l'Amphi-tryon*. Les dames aiment à être chantées ; on la caressait, on lui demandait des couplets, on en faisait l'éloge, et son esprit, toujours avide de louanges, ne lui laissait pas apercevoir qu'il y a loin des applaudissemens qu'on obtient de l'amour propre satisfait, à un succès réel, sanctionné par la raison. Prompte à saisir le ridicule, habile à le peindre, et trop vaine pour retenir un trait malin et spirituel, elle fit, ce jour-là, un couplet fort plaisant sur le chevalier ; elle le chanta à l'oreille d'une amie, qui le redit, et le refrain, en moins d'une heure, était dans toutes les bouches.

M. de Mirbel, étonné d'entendre bourdonner sans cesse cet éternel re-frain, demandait à ceux qui l'entou-

raient, ce que cela signifiait; on le regardait en riant, et chacun de dire : « Nous
ne savons que cela. »

Le chevalier crut deviner la chose;
et, très-scandalisé, il alla demander à
la comtesse depuis quel temps et pourquoi elle composait sa société d'un
monde si peu fait pour elle.—Ces gens-
là sont bons à voir quelquefois ; leur
originalité divertit, et il faut connaître
un peu de tout. — La maxime est édi-
fiante, madame; pour connaître un peu
de tout, il vous faudra peut-être aussi
recevoir des femmes perdues et des es-
crocs? pour moi, qui ne veux pas d'une
science si universelle, je vous baise les
mains et vous promets bien qu'on ne
me reverra plus à pareille fête.

Sur cela le chevalier partit; son exemple ne fut suivi de personne, et l'on ne
se sépara qu'à six heures du matin.
Quoique accablée de fatigue, Sidonie
ne put s'endormir : l'agitation du bal,
et plus encore l'enivrement de son es-

prit, la tinrent long-temps éveillée. « Me
voilà donc connue, se disait-elle, et j'ai
à peine dix-huit ans! Sans vanité je puis,
en travaillant beaucoup, espérer des
succès encore plus flatteurs : si l'envie
essaie de troubler ma félicité, je la mé-
priserai. Que m'importe, par exemple,
le refus de mes anciennes connaissances?
si c'est jalousie, je les plains; si c'est
hauteur et pour ne pas se trouver avec
des gens qui ne sont pas de condition,
en vérité, cela fait pitié : si c'est par aus-
térité de principes, je leur pardonne;
mais bon dieu, quel préjugé! Nos acteurs, nos actrices ne se sont-ils pas
conduits avec décence? ils sont gais,
plus gais que d'autres; eh bien! quel
mal à cela! Avec son esprit sémillant et
agréable, madame Vervoni n'est-elle
pas un modèle d'amour conjugal? Henri
n'est-il pas le meilleur des hommes?...
Mais voyez comme les talens illustrent
tout! c'est une chose admirable; cette
femme n'a ni jeunesse, ni tournure, ni

beauté, et pourtant sa réputation est colossale. Oh! la célébrité, la célébrité! c'est elle qui embellit l'existence, qui agrandit l'âme. Que deviendrait-on effectivement, si l'on se restreignait à vivre toujours dans le même cercle, dans un cercle étroit, borné? l'ennui s'y glisserait inévitablement ; l'âme s'engourdirait, et l'on végéterait sans savoir seulement si l'on existe. L'amour des arts, l'amour de la gloire, voilà ce qui élève l'homme, ce qui utilise sa vie, et ce qui immortalise sa mémoire. »

Ce n'est là qu'une très-petite partie des idées qui se succédèrent dans la tête de Sidonie ; elles furent suivies de la résolution de travailler plus que jamais, et d'un plan ravissant de félicité. Son mari n'était peut-être infidèle que par désœuvrement, peut-être avait-elle trop négligé de l'entourer de plaisirs et de distractions. En la voyant généralement adorée, pourrait-il ne pas se rappeler leurs tendres mais trop courtes amours?

En ne trouvant dans sa maison qu'un cercle sans fin de jouissances et d'enchantemens, irait-il encore chercher le bonheur hors de chez lui?

Agitée par ces riantes espérances, et ayant à peine dormi deux ou trois heures, madame de Saint-Léon se lève à midi, et n'a rien de plus pressé que d'aller faire part à sa tante du projet qu'elle vient de former. L'enjouement, la vivacité, animaient sa charmante figure, et donnaient à son teint cette fraîcheur que chassent les longues veilles. La comtesse, étonnée de cet heureux changement, entre avec joie dans les séduisantes rêveries de sa nièce, et ne pense pas à lui faire observer que le plan qu'elle a conçu est diamétralement opposé au bonheur. Le bonheur, ce bien si rare, n'est-il pas le recueillement d'une âme en paix avec elle-même, et tranquille sur les objets de ses affections? le bruit et le mouvement ne peuvent que lui enlever ces jouissances, en l'ar-

rachant à cette douce contemplation.
La vie tumultueuse tue l'homme mo-
ral, et ne fait de ses jours qu'une sorte
de sommeil agité, sans joie, sans utilité,
où la raison n'a plus d'empire sur les
sens : l'impitoyable mort vient à la fin
nous tirer de cette léthargie: elle frappe,
et l'on n'avait pas encore vécu.

Trop satisfaite pour conserver un
sentiment d'amertume, Sidonie imagina
de monter chez Malvina pour la surprendre agréablement, et réparer, par
ses caresses, l'aigreur, et peut-être l'injustice qu'elle lui avait témoignées. Madame de Lauzanne, émue jusqu'aux
larmes de la bonté de sa fille chérie,
veut absolument l'accompagner pour
être témoin de cette tendre scène. Les
deux dames montent doucement, et sans
faire de bruit, se préparant à bien jouir
de la surprise de Malvina.

Sidonie entre la première, et ne
trouve personne dans la chambre; elle
s'avance vers le cabinet dont la porte

7 **

était entr'ouverte. Elle éprouvait ce trouble si doux, qui s'empare d'une belle âme, lorsqu'elle triomphe d'elle-même, et va pardonner; mais grand dieu! quel spectacle! quelle horreur l'attendait! Eugène aux pieds de Malvina!.. Sidonie tombe sur le parquet, sans jeter un cri, sans prononcer un mot; Eugène, pétrifié, se relève; la comtesse a tout vu, et sa langue glacée ne peut articuler une syllabe.

Enfin, la vue de Sidonie, morte ou mourante, la tire de cette stupeur, et elle s'écrie avec indignation : « Eugène, voulez-vous donc que votre femme expire à vos yeux? » Ces mots rappellent Eugène à lui-même; il sort de son immobilité, enlève Sidonie dans ses bras, la pose dans une bergère, l'embrasse, et l'appelle des noms les plus tendres : il la croit morte, et cependant implore son pardon, en jetant des cris de rage et de désespoir.

Sidonie entend enfin cette voix si

chère; elle ouvre les yeux, les fixe sur Eugène, et ne peut encore parler. Malvina redoutant une réconciliation, dont elle serait la victime, tire violemment par le bras M. de Saint-Léon, et l'éloigne de sa femme. Ce mouvement a été vu de la comtesse, et réveille toute sa colère; elle accable Malvina des épithètes les plus dures et les mieux méritées, et le faible époux, déchiré par l'amour, la crainte et les remords, ne sachant ni défendre, ni abandonner sa maîtresse, fuit, et disparaît de la maison. Sidonie, qui revenait à la vie pour plaindre et pardonner, retombe dans son premier évanouissement, quand elle se voit abandonnée par le coupable qu'elle aime. La comtesse appelle ses gens, crie, s'agite, et ne cesse, dans l'égarement de sa raison, d'adresser à Malvina des reproches qui trahissent l'horrible secret. Malvina, qui n'a plus rien à ménager, répond avec arrogance qu'elle est chez M. de Saint-Léon, et qu'elle

n'en sortira, que lorsque lui - même
l'aura ordonné.

Madame de Lauzanne, ne se connaissant plus, ordonne à ses gens de jeter
ce monstre à la porte : elle allait être
obéie, car Malvina n'était aimée de personne, lorsque le chevalier, qui venait
gronder sa nièce, informé de ce qui se
passait, se précipita dans la chambre.
Il arrêta les domestiques, qui déjà l'en-
traînaient, engagea la comtesse à faire
porter Sidonie dans son appartement,
et à l'y accompagner, se réservant le
soin de disposer Malvina à sortir sans
éclat de la maison.

CHAPITRE XXVI.

MALVINA, suffoquée par l'effroi et la colère, était tombée sur un siége; elle pleurait, non de douleur, mais de rage. « Mademoiselle, lui dit le chevalier, je crois avoir compris que votre départ devient nécessaire ; prêtez-vous-y de bonne grâce, et ne vous exposez point à de nouvelles violences. Habillez-vous promptement, et disposez-vous à partir; dans un quart d'heure, vous aurez une voiture à la porte. — Une voiture! et où me mènera-t-elle, où trouverai-je un asile? — Chez vos amis, je suppose. — Hélas! hier j'en avais mille, en ai-je un seul aujourd'hui? ai-je un véritable ami sur la terre? »

Cette dure vérité échappait à l'orgueil aux abois, elle émut le bon chevalier: « Oui, mademoiselle, vous avez un ami puissant et plein de bonté: vous avez offensé Dieu, il vous tend les bras, jetez-vous-y avec confiance. Si un vrai repentir vous touche, dites-le-moi, je vais écrire un mot à la supérieure d'un couvent, où vous serez reçue sur ma recommandation. »

Le chevalier, sévère pour les coupables, croyait au repentir avec cette facilité qui appartient aux belles âmes; il fut donc ravi de voir Malvina accepter sa proposition. Il se retira pour lui laisser le temps de faire ses préparatifs, et pour écrire la lettre qu'il avait promise.

Sidonie fut près de deux heures sans connaissance, et ne revint à elle qu'avec un violent accès de fièvre et un peu de délire. Madame de Lauzanne, au désespoir, voulait une consultation de médecins; le sien la rassura dès le premier moment, et effectivement la fièvre céda dans la soirée. En reprenant ses esprits, la malade retrouva au fond de son âme une douleur si cuisante, qu'elle ne put douter que son malheur fût certain.

Que devenaient ces illusions charmantes de la nuit, ces brillantes chimères? à quoi venait aboutir cet espoir d'un bonheur frivole? Cet édifice élevé avec une joie si vive, s'écroulait en un instant, et le souvenir n'en rendait que plus accablant le poids d'un semblable revers. Des plaintes amères, des soupirs déchirans, des torrens de larmes, furent les interprètes du désespoir de Sidonie; désespoir qui ne connut plus de bornes, quand on fut obligé de lui dire que son époux avait quitté l'hôtel, et qu'on ignorait ce qu'il était devenu. Elle ne vit plus alors pour elle que déshonneur et abandon; elle accusa le sort, elle oublia qu'elle était fille, elle oublia même qu'elle était mère, et invoqua la mort. Tristes fruits d'une vie consacrée aux plaisirs! le cœur encore innocent, n'y jouit plus des avantages de l'innocence; il s'est éloigné de Dieu qui console de tout, pour se donner au monde qui ne console de rien.

La comtesse voulut la distraire, en lui apprenant le départ de Malvina, et comment elle avait quitté la maison. Elle n'avait dû qu'à la présence du chevalier de n'être pas huée par les domestiques, lorsqu'elle fit transporter ses paquets dans la voiture : chacun d'eux exprimait, par ses gestes et ses regards, l'aversion et le mépris qu'elle leur inspirait. Elle voulut leur faire accepter quelque argent pour la peine qu'ils venaient de prendre ; l'un d'eux lui répondit qu'ils étaient trop contens de la besogne qu'ils avaient faite, pour avoir besoin d'une autre récompense. Elle les regarda avec un sourire de dédain, et monta brusquement en voiture, affectant une tranquillité que sa pâleur désavouait.

Qu'allait-elle devenir? car son intention n'était pas de s'enfermer dans le couvent que lui avait indiqué M. de

Mirbel. Ira-t-elle chez Henri? mais sa maison ne lui offre plus d'asile. Henri, l'amant et non l'époux de madame Vervoni, comme on le croyait dans le public, était entièrement dominé par sa maîtresse; et celle-ci, éclairée par le caractère de sa nation, et jalouse à l'excès, avait deviné les anciennes liaisons d'Henri avec Malvina. Aussi la haïssait-elle cordialement, et elle n'avait pas pris la peine de le lui dissimuler.

Armand, de son côté, voudra-t-il recevoir la fugitive? il craindra que Sidonie n'en soit instruite et ne lui fasse fermer sa porte. Malvina se décide cependant à passer chez lui, remettant à faire usage de la lettre du chevalier dans le cas seulement où elle n'aurait pas d'autres ressources.

Le hasard ne la servit que trop bien; Armand était chez lui, et c'est là que s'était réfugié Eugène, encore effrayé de la scène du matin, n'osant rentrer dans sa maison, et pressé du besoin de confier son trouble à son ami.

Enchantée de le revoir, Malvina vole dans ses bras; elle est glacée par son accueil. « Comment se porte ma femme ? lui dit-il avec l'accent de la tristesse et de l'effroi. — Votre femme? répondit-elle, atterrée par cette demande, et plus encore par l'intérêt qui l'avait dictée ; elle se porte assez bien pour me faire jeter à la porte comme une malheureuse, et me livrer à l'insolence de sa valetaille. — Elle a donc repris connaissance?—Assez aussi pour vous faire enrager, si vous retournez au gîte. — Ah! Malvina, qu'avons-nous fait? j'ai détruit le bonheur d'une femme charmante. — Et le mien, ingrat, le comptez-vous pour rien? m'avez-vous donc déjà oubliée? n'ai-je pas tout risqué, tout perdu pour vous ? »

Nous ne suivrons pas ces coupables amans, dans une explication où la ruse sut aisément triompher de la faiblesse.

Malvina se peignit comme une victime de l'amour, abandonnée de la nature entière, et ses larmes achevèrent de persuader à Eugène, que l'honneur l'obligeait à prendre soin de celle qui s'était sacrifiée pour lui. On convint donc de louer une petite maison pour Malvina, dans le fond d'un faubourg, et Eugène sortit sur-le-champ pour en arrêter une ; après avoir toutefois supplié Armand de passer chez sa femme, et de prendre sur sa position les renseignemens les plus certains. Il fut ponctuellement obéi, car Armand avait aussi de grandes inquiétudes. Il ne put voir ni Sidonie, ni même la comtesse : ce qu'il apprit de mademoiselle Germain l'alarma infiniment; il crut devoir en cacher une partie à Eugène, non par délicatesse ou amitié, mais par la crainte que la pitié ne le ramenât aux pieds de sa femme, et qu'une réconciliation parfaite ne vînt déranger ses projets.

Eugène, trompé par Armand, fut

8 *

soulagé de son inquiétude, mais en
même temps frappé d'une pensée désespérante. « Ma femme ne m'aimait donc
pas, se dit-il, puisqu'elle supporte si
aisément mon infidélité ? » Eugène
n'aime plus sa femme, il veut en être
aimé; Eugène ose à peine s'avouer des
torts dont il rougit, et il s'indigne à
l'idée que Sidonie n'en sent pas toute
l'étendue. O contradiction des passions !
ô bizarrerie du pauvre esprit humain !

Tourmenté par cette pensée, il écrivit à sa femme une lettre ainsi conçue :

« Je suis coupable, et les reproches
« que je me fais sont plus terribles que
« tous ceux que vous pourriez m'adres-
« ser. Votre heureuse indifférence m'é-
« pargne le chagrin affreux de croire
« que j'aie pu troubler votre félicité;
« cette pensée était déchirante, mais....
« Je vais passer quelques jours à la cam-
« pagne; je reviendrai ensuite près de
« vous pour réclamer votre indulgence,
« et non plus pour jouir d'un bonheur

« que je ne puis plus connaitre depuis
« que j'ai cessé de vous être cher. »

L'absence d'Eugène avait jeté Sidonie dans la plus grande perplexité : le
chevalier, pour la tranquilliser, lui parla
de la résolution que Malvina avait prise
de se rendre dans une communauté, et
l'assura que l'effet nécessaire de cette
retraite serait de rompre tout commerce
entre les deux amans. Il était cependant
moins convaincu qu'il ne le paraissait,
et il sortit, sans le dire aux dames, pour
aller s'informer, auprès de la supérieure
du couvent, si l'on y avait vu Malvina.
C'est dans ce moment que la lettre fut
remise à Sidonie : elle était beaucoup
mieux, mais d'une faiblesse extrême. A
la vue de l'écriture de son mari, elle pâ-
lit, trembla, espéra un heureux retour, et craignit au même instant la
confirmation de son malheur. Sa tante
la rassurait, et l'engageait à ouvrir le
billet. « Laissez-moi, répondit-elle ;
laissez-moi, un moment encore, une in-

certitude, qui n'est pas sans quelque
charme.... Hélas ! cette lettre détruira
peut-être pour jamais toutes mes espérances. » Faisant enfin un violent effort
sur elle-même, elle rompt le cachet, et
lit..... On juge aisément quelle fut sa
surprise.

« Ah dieu ! s'écria-t-elle, mon heureuse indifférence ! que parle-t-il d'indifférence ? est-ce à moi que ce reproche
s'adresse ? moi, moi qu'il a vue mourante
à ses pieds ! ce dernier coup me tue. Il
m'avait trompée ; à présent il m'accuse,
il me condamne : non, cette affreuse
pensée ne vient pas de lui, elle lui est
suggérée par la cruelle femme qui le
domine. Je veux le voir, je veux qu'il
soit témoin de mon désespoir ; je veux
qu'il voie mes yeux éteints par les larmes, ma pâleur, ma faiblesse ; alors il
ne m'accusera plus d'indifférence, il
saura que c'est la sienne qui me fait
mourir. »

La comtesse, toute en larmes, cher-

chait à calmer Sidonie; Sidonie, malgré
sa faiblesse, malgré l'ignorance de l'a-
sile qu'avait choisi son mari, voulait
sortir pour l'aller chercher. « Tu te fe-
ras mourir, ma chère, si tu sors dans
l'état où tu es. — Mourir ! reprenait Sidonie avec un sourire déchirant.... Ah !
tant mieux, tant mieux, pourvu que
j'expire à ses pieds ; il verra si c'est un
cœur indifférent qui animait sa malheureuse femme. »

Madame de Lauzanne, après avoir
employé tous les moyens pour la faire
renoncer à ce projet, lui demanda,
comme dernière grâce, d'envoyer chercher Armand. « Peut-être, dit-elle, sait-
il quelque chose : il est venu hier soir,
et je ne l'ai pas vu. » Ce faible rayon
d'espoir parut ranimer Sidonie; la comtesse fit partir à l'instant un domestique
avec un billet pressant qui engageait
Armand à venir dissiper les mortelles
inquiétudes de madame de Saint-Léon.
« Elle ne retrouvera la vie, lui disait-

elle, qu'avec l'espérance de revoir son mari; vous connaissez sa tendresse pour lui, jugez par là de sa douleur : elle ne doute pas que vous n'ayez vu Eugène, venez donc. »

Ce billet plut et déplut à Armand : satisfait d'être jugé nécessaire, il était furieux de voir un amour assez constant, une vertu assez ferme pour résister à l'infidélité d'un mari. Que répondrait-il aussi à toutes les questions dont on allait l'accabler ? Découvrirait-il le secret de la retraite de son ami et de Malvina ? on l'accuserait d'y avoir donné les mains; peut-être même, le soupçonnerait-on d'être depuis longtemps dans leur confidence : il ne devait donc rien dire. Mais pourrait-il nier d'avoir vu Eugène ? Le cocher, le domestique qui avaient suivi leur maître pourraient être revenus à l'hôtel; on avait pu les interroger, et il était dangereux pour lui qu'il ne parût pas dire la vérité. Fort incertain du rôle qu'il devait jouer, il partit cependant, se promettant bien de se tenir sur ses gardes.

Il trouva Sidonie dans un accablement extraordinaire; elle sembla sortir de cet état, par l'espérance d'apprendre par Armand des nouvelles de son mari. « Où est-il, lui cria-t-elle? l'avez-vous vu?

— Seriez-vous sans nouvelles de M. de Saint-Léon, madame?

— Je reçois ce billet qui ne contient que deux mots; il m'apprend qu'il va passer quelques jours à la campagne.

— Je n'en sais pas davantage, je ne l'ai vu qu'un moment.

— Il ne vous a pas dit où il allait?

— Non, madame.

— Etait-il triste, affligé? vous confia-t-il une aventure horrible?

— A peu près, et il paraissait de fort mauvaise humeur.

— Vous témoigna-t-il de l'inquiétude sur ma santé?

— Il m'apprit que vous étiez incom-
modée, et je vins sur-le-champ m'informer hier de votre état; vous n'étiez
pas visible.

— Vous veniez de sa part, peut-être?

— Madame,..... je venais,..... j'étais
très-empressé d'avoir de vos nouvelles.

— Vous dit-on dans quel état j'étais?

— Oui, madame.

— Et M. de Saint-Léon le sut-il?

— Il ne l'ignorait pas.

— Il ne l'ignorait pas, et il n'est pas
venu me voir! Est-il parti? êtes-vous sûr
qu'il soit parti?

— Je le crois, madame; il n'est pas
venu chez moi de toute la matinée.

La Comtesse. Vous n'avez pas vu
la malheureuse? oh! non, elle n'aura
point osé se présenter chez nos amis:
qui voudrait la recevoir après cette in-
dignité? On la dit au couvent; une pri-
son serait bien mieux son fait. Que dites-
vous, Armand, d'une si noire ingratitude? Travailler à la ruine des gens,

sous les couleurs de l'amitié ; payer une
action généreuse par la plus lâche perfidie ; s'étudier de longue main à faire
le désespoir de celle qu'elle appelait
son amie, et ne la caresser, ne feindre
de l'aimer que pour la perdre plus sûrement; quelle horreur! quelle infamie!
Dites, dites-moi ; quel supplice mérite-
rait une âme aussi vile?...

— Madame....

— Ce bon Armand!... voyez, ma
chère, combien une pareille trahison
l'affecte; le voilà tout pâle, tout interdit.

—Une pareille conduite... il est vrai,...
mérite...

— Toute la haine, toute l'indignation
des honnêtes gens : la malheureuse !

Sid. Ma tante, ne parlons plus d'elle,
son seul nom me fait trop de mal; oc-
cupons-nous plutôt de M. de Saint-
Léon, et cherchons les moyens de savoir
où il est. Armand, je me recommande
à vous, voyez toutes vos connaissances ;
soyez discret, adroit, ne laissez rien

deviner, et tâchez de tout découvrir. Je ne m'excuse pas de vous donner tant de peine; je craindrais d'offenser votre amitié.

— Que vous la jugez bien !... Votre bonheur, madame, est l'unique objet de mes vœux : puisse-t-il devenir mon ouvrage! »

CHAPITRE XXVII.

Armand sortit, et Sidonie, restée avec sa tante, déplora la confidence qu'elle avait été obligée de lui faire. « Pourquoi vous en affliger, dit la comtesse?

— Il est toujours pénible d'accuser ce qu'on aime, et Armand est si jeune!

— Armand n'a de jeune que son âge; je le vois chaque jour se détacher davantage des plaisirs; il néglige ses autres connaissances, et ne paraît heureux que dans notre petit cercle.

— Oh! ma tante,... si Armand nous trompait aussi!

— Quelle idée! est-ce vous, Sidonie, qui pouvez concevoir un tel soupçon? vous, qu'il aime tant!

— Et s'il m'aimait trop,... que devrais-je faire?

— Il faudrait;... mais à quoi bon cette

supposition? auriez-vous quelque raison de croire...

— *Avec hésitation*. Il m'a parlé quelquefois bien tendrement, et...

—Eh bien ! oui, j'étais là : il vous
peignait sa tendre amitié;... ma Sidonie,
qui peut t'aimer froidement?

— J'avais cru démêler que ce sentiment dépassait peut-être...

—Les bornes de l'amitié? pur enfantillage ! pudeur exagérée ! L'ombre du
mal vous a toujours fait peur; prenez-y
garde, cela peut mener à la pruderie.
Vous le savez, la pruderie est à la vertu
ce que le rouge est aux couleurs natu-
relles; elle enlaidit, elle vieillit toutes
les grâces du jeune âge.

— J'ai dit positivement à Armand
que je voulais qu'il m'aimât comme un
frère.

— Charmante naïveté! et il vous l'a
promis.

— Oh ! oui... Vous croyez donc, ma
tante, que je puis me fier à lui?

—Comme à moi-même : je l'ai observé ; c'est un homme plein de moralité. »

Cette demi-confidence ou plutôt ce soupçon de confidence, échappa à Sidonie. Elle se reprochait le mystère qu'elle avait fait à sa tante de l'amour d'Armand; et, pour appaiser le remords de sa conscience, elle faisait avec elle une sorte de capitulation : elle présentait, ce qui n'était, ni sage, ni vertueux, une certitude acquise comme un doute léger. Il est bien vrai que l'incrédulité de la comtesse n'était pas faite pour obtenir un aveu plus complet. On sait combien les gens qui interrompent sans cesse, doutant, interprétant et croyant comprendre à demi-mot, dérangent, déconcertent ceux qui sont en train de parler, et finissent par fermer la bouche, lors même qu'on est le plus disposé à la confiance.

Madame de Lauzanne quitta Sidonie

pour aller chez son notaire ; elle espérait y apprendre des nouvelles d'Eugène,
que le besoin d'argent pouvait y avoir
conduit. La matinée parut à madame
de Saint-Léon d'une tristesse mortelle :
elle ressentait à la fois deux douleurs
presque contradictoires. Elle était of-
fensée, et elle avait le repentir d'une
coupable. Son mari l'accusait d'indifférence ; et, quoiqu'au fond ce reproche
ne fût point mérité, elle avouait qu'elle
avait pu y donner lieu par des actions
que l'irréflexion ou le dépit lui avait fait
commettre. Elle flottait ensuite entre
le sentiment vague, mais poignant d'une
conscience alarmée par sa liaison avec
Armand, et le besoin de s'étourdir pour
n'être pas obligée d'y renoncer. Que
ne recourait-elle aux conseils de la religion ! elle eût appris que le trouble de
l'âme est, comme la douleur physique,
l'indice d'un mal auquel il faut porter
remède ; craindre de sonder la plaie,

négliger d'appeler le médecin, c'est re-
tarder la guérison, c'est souvent même
la rendre incurable.

La tristesse de Sidonie s'accroissait
à chaque instant; elle regardait avec
amertume autour d'elle, et rien ne parlait à son cœur, rien n'apportait à son
esprit la moindre consolation. Ses yeux
se fixaient sur sa harpe, et s'en détour-
naient aussitôt : rien n'augmente plus
les chagrins présens, que le souvenir
des plaisirs passés. « Hélas! se disait-
elle, à quoi me serviront désormais
mes talens? à quoi m'ont-ils servi? Je
les regardais comme le talisman le plus
sûr pour fixer le cœur d'un époux; et
le mien est infidèle. » Elle regarda ensuite un dessin qu'elle avait fait d'une
vue de l'ermitage; il lui rappela le moment où Eugène aborda pour la première fois la comtesse, et ses yeux se
remplirent de larmes. « Il m'aimait alors,
dit-elle, et aujourd'hui il me hait; il
me hait, hélas! et je le chéris toujours.

8 **

M'aurait-il cru indifférente, s'il n'eût
cherché à se le persuader? Je dus me
taire ; les témoignages d'un amour qui
n'est plus partagé, fatiguent et ne ra-
mènent pas.... Oui, mais si ce n'était
que le caprice d'un moment, de tendres, de douces plaintes ne pouvaient-
elles pas le ramener ? Cette passion
n'était peut-être qu'une velléité d'in-
constance, une tentation, qu'un mot
aurait pu arrêter.... Ah ! dieu, s'il
était vrai !... Pourquoi n'ai-je pas tenté
de renouer ces douces conversations,
ces tendres épanchemens qui firent si
long-temps notre bonheur? S'il eût vu
couler mes larmes, si je lui eusse dit:
« Eugène, si tu ne m'aimes plus, tu veux
donc ma mort? et ta Fanny! tu veux
donc que sa mère ne lui apprenne qu'à
souffrir et à pleurer? « Mon dieu, mon
dieu, ajoutait Sidonie en sanglottant,
ne réunirai-je plus sur mon sein mon
époux et mon enfant? Fanny, pauvre Fanny, seras-tu donc oubliée par ton père? »

L'âme déchirée par des pensées aussi pénibles, Sidonie était dans un de ces momens d'abattement et de terreur ; où la solitude effraie, où le silence fait tressaillir. Qui n'a point connu ces instans où , seuls avec notre faiblesse, nous nous trouvons abandonnés à ce *rien*, qui est proprement *nous ?* Quel effroi ! quel tourment ! avec quelle anxiété nos yeux cherchent une distraction qui nous arrache à nous-mêmes ! avec quelle attention notre oreille attend et sollicite le plus léger bruit ! Hélas ! que désirons-nous ? la vue d'un de nos semblables ? eh ! que pourra-t-il pour nous, lui qui ne peut rien pour lui ? Il est un consolateur invisible ; . . . mais Sidonie pleure et ne sait plus prier. Son âme, qui devrait chercher dans le ciel des motifs de force et de résignation, amollie par le chagrin, n'est ouverte qu'à la tendresse. Fatale disposition , si la vertu, une vertu ferme et courageuse, ne nous couvre point de son égide !

Armand paraît dans ce moment. « Je
ne suis donc pas entièrement abandonnée? dit Sidonie en soupirant et rougissant à la fois : Armand, quelles nouvelles m'apportez-vous?

— Aucunes, madame, au moins de
celles que vous désirez : je n'ai rien appris sur M. de Saint-Léon.

— Comment, rien? absolument rien?

— Rien, madame.

— Le barbare? il me sait malheureuse,
et me fuit.... ; il me déchire, il m'accable de chagrin, et ne daigne pas s'informer si j'y succombe : ai-je mérité
ce cruel traitement? Vous savez, Armand, si je l'aimais, si j'attachais du
prix à son amour : et me voir trahie,
oubliée, méprisée! Sans ma tante, sans
vous, que deviendrais-je? car oserais-je
jamais confier à ma mère un aussi fatal événement? Oh! ma mère, sois
heureuse, et je pourrai jouir encore
de quelque bonheur. Armand, vous
êtes le seul dépositaire de mon se-

cre! ;... plaignez-moi, ah ! plaignez-moi

—Me prier de partager vos peines,
c'est ne me pas connaître ; ne suis-je pas
heureux ou malheureux par vous ? ai-je
une pensée qui ne soit pas pour vous ?
un sentiment qui vous soit étranger ?

— Pardon, pardon, les infortunés
sont méfians, ils craignent de fatiguer
leurs amis : il en est si peu qui soient à
l'épreuve de l'adversité !

— J'espère que vous mettez quelque
différence entre mon amitié et celle du
reste des hommes : vous ne savez lire,
ni dans mon cœur, ni dans mes yeux,
si vous ignorez encore qu'il n'y a rien
au monde que j'aime plus que vous.

—Assurance bien chère ! ah ! j'en avais
besoin : je suis si abattue, si triste, que
j'entrevois à peine quelque consolation :
ma mère est loin de moi, ma tante peut
se lasser d'une fille adoptive, qui n'est
ici que pour troubler ses vieux jours ;
et vous, Armand, je vous voyais ennuyé
de ma vie solitaire, et cherchant ailleurs

des plaisirs qu'on vous offre de toute part, abandonner bientôt une amie malheureuse.

— Le monde entier est pour moi où vous êtes; je n'y vois que vous; et, vous le savez, sans un ordre sévère que je ne me rappelle qu'avec douleur, un sentiment plus vif, plus fort que l'amitié, me liait à vous pour la vie.

— Plus fort que l'amitié! Armand, vous vous trompez; l'amitié, telle qu'elle existe entre nous, est plus pure, et non moins forte que l'amour.

— Vous le croyez, madame, parce que jamais vous n'avez bien connu l'amour.

— Que dites-vous? ma tendresse pour Eugène, la tendresse qu'Eugène eut pour moi....

— Eugène aussi, madame, n'a jamais connu l'amour : vous eût-il oubliée, s'il vous avait aimée comme je vous adore?...

Sid. *avec fermeté*. Monsieur!...

—Pardon, madame, je croyais qu'un époux infidèle méritait peu...

—Pas un mot contre mon mari. Si la violence de mon désespoir m'a arraché quelque plainte, nul n'a droit de l'accuser devant moi. »

Armand avait cru réussir auprès de Sidonie, en l'excitant à la vengeance contre l'époux dont elle avait à se plaindre; il vit bientôt qu'il s'était trompé. Quelque ulcéré que fût son cœur, son amour pour Eugène était toujours le même : abandonnée, trahie par son époux, elle aimait encore à le défendre, et ne pouvait souffrir qu'on l'accusât.

Sentant qu'il fallait flatter sa tendresse pour en triompher : « Moi, dit Armand de l'air le plus doux, moi, accuser Eugène! eh! mon dieu, ai-je un meilleur ami que lui? ne l'aimai-je pas comme un frère? Nous parlions de son égarement; j'en gémissais sans oser le condamner. Il a été entraîné....

Sid. *vivement.* Oui, dans une âme

comme la sienne, le bien est devenu passion; il ne fut d'abord que généreux, et s'attacha ensuite à son ouvrage.

—D'ailleurs, la coquetterie de Malvina....

—Je ne doute pas qu'elle n'ait cherché à le séduire.

—Sans cela, aurait-il cessé de vous adorer? lui, qui vous rendait si bien justice!

—En vérité?

—Il m'a vanté mille fois vos vertus, vos charmes; mille fois il m'a dit: «Est-il rien de plus délicieux que d'être aimé de Sidonie? Quel charme de le lui entendre dire! quel ravissement de vivre près d'elle, de deviner dans ses yeux le sentiment qui l'anime! »... Mais, je le vois, madame; ce souvenir vous attendrit, il afflige votre sensibilité; cessons....

—Non, non, continuez. Ce récit suspend mes peines, il me fait espérer un plus doux avenir. Armand, bon et cher ami, que je vous sais gré de m'entendre si bien! Parlez-moi d'Eugène, toujours d'Eugène; c'est le seul sujet qui puisse me distraire et m'intéresser.

— Eh quoi! je serais assez heureux pour adoucir les chagrins de l'aimable Sidonie! la voix de l'humble Armand irait jusqu'à son cœur! Ah! parlons encore d'Eugène; que son souvenir nous lie d'une chaîne étroite.

—Mon ami!... vous pensez qu'un jour, Eugène détrompé...

—Il viendra à vos pieds resserrer les plus doux nœuds. Eh! quelle volupté peut être comparée au bonheur de vous voir, de vous entendre dire ces mots si doux : *Je vous aime!* Si vous prêtez tant de charmes à la simple amitié, que doit être l'amour, quand il parle par votre bouche?... Vous aimez tant Eugène!

—Ah! mille fois plus que moi-même.

—Et lui, madame, comme il vous adorait!

Armand fit alors le portrait le plus

séduisant d'un amour mutuel ; il réveilla
par là dans l'âme de Sidonie les plus
doux souvenirs, les plus vives émotions ;
elle savourait à longs traits ce trouble
qui naît des passions, trouble capable
de subjuguer la raison même, si elle ne
se tient pas soigneusement sur ses gardes.

Sidonie, pendant cette conversation,
s'attendrissait de plus en plus : elle abandonnait sa main à Armand, sans savoir
ce qu'elle faisait ; eh ! comment se méfier
d'un ami si parfait ? du défenseur de son
époux ?

Armand souriait en lui-même à la
simplicité de l'innocence, et se féli-
citait d'une adresse qui était le comble
de la noirceur et de la trahison ; il ne
feignait des sentimens tendres et généreux pour le mari, que pour assurer le
triomphe de l'amant. Cette route oblique
faillit le faire arriver à son but. Profitant
d'un moment où madame de Saint-Léon
se livrait à son attendrissement, il ose
la presser dans ses bras ; elle rougit, et

fait un mouvement pour se dégager : le traître a levé le masque, et le crime se montre sous ses traits les plus hideux.

Sidonie épouvantée veut se soustraire aux caresses d'Armand ; elle frémit, et ne peut rien articuler ; sa figure seule exprime toute l'horreur qu'elle ressent. Armand prend l'effroi de l'innocence pour le trouble de la pudeur, et son audace augmente ; il croit déjà tenir sa proie.... La porte s'ouvre avec violence ; il se retourne, et reste interdit en voyant une femme qu'il ne connaissait pas. Cette femme elle-même s'arrête, et paraît frappée d'horreur ; son regard peint l'indignation et la colère : Sidonie, qui l'a bientôt reconnue, vole dans ses bras en s'écriant : « Ah ! ma mère ! »

CHAPITRE XXVIII.

Madame de Bonval, car c'était elle, reçoit sa fille sur son sein ; elle la soutient sans l'embrasser, et ordonne à Armand de sortir sur-le-champ : celui-ci, partagé entre la colère, la confusion, la crainte de perdre en un moment le fruit de tant de dissimulation, obéit cependant ; tant la vertu a d'ascendant sur le crime !

Sidonie avait éprouvé la joie la plus vive, en reconnaissant madame de Bonval ; cette joie se change bientôt en crainte. Elle presse sa mère dans ses bras ; sa mère, sans répondre à ses caresses, la mène à un fauteuil et s'assied près d'elle. La douleur est empreinte sur son visage ; sa bouche est muette ; ses yeux seuls expriment tous les déchiremens d'une âme maternelle, inquiète sur le sort, sur l'honneur de son enfant.

« Ma mère ! s'écria Sidonie, effrayée de ce silence ; vous ne me dites rien.

— J'attends de vous, ma fille, un éclaircissement nécessaire, et, je vous l'avoue, je n'ai pas la force de vous le demander.

— Ce jeune homme..... peut-être il vous semble étonnant...

— Qui est ce jeune homme ?

— Un ami de mon mari.

— Quels rapports a-t-il avec vous ?

— Ceux...... de l'amitié, de la confiance...

— De la confiance ! dans un jeune homme ! et cette confiance va jusqu'à vous laisser aller dans ses bras !

— Dieu ! que dites-vous ?... que pensez-vous de moi, si vous m'accusez....?

— Ce n'est pas moi qui vous accuse ; je dis ce que j'ai vu. Si vous n'êtes pas coupable, comment pouvez-vous dire qu'un homme qui vous outrage est

votre ami ?..... pourquoi le défendre ?
que voulait-il ?

— Je ne le défends pas, mais.... par
pitié pour l'égarement d'un moment...

— Pitié d'un égarement qui tendait à
vous déshonorer, à vous rendre odieuse
à votre mari, à vous-même ! quelle pitié,
quelle criminelle compassion !

Sid. *se jetant à ses pieds et sanglotant.*
Oh ! ma mère, ma mère, pardonnez-
moi ;... ne me regardez plus avec ces
yeux sévères ;... j'ai pu être légère ; in-
conséquente ; ne dites point que je
suis criminelle.

— Ce jeune homme doit être votre
amant ?

— Non, non ; il est bien vrai qu'il
m'a déclaré des sentimens trop tendres :
je lui ai défendu de me tenir un tel
langage, je lui ai ordonné de n'avoir
pour moi que cette affection de sœur
que je me sens pour lui, et c'est à la suite
de cette conversation que, s'oubliant
un moment, il voulait... m'embrasser.

— Et cet homme n'est pas votre amant !... Malheureuse Sidonie, comment ne vîtes-vous point qu'il méditait votre perte.

— Je lui en ai temoigné toute ma crainte ; il m'a juré qu'une semblable idée était loin de lui, qu'il n'aspirait qu'à mon amitié, qu'elle le ramènerait à la vertu.

— L'infâme séducteur! Et vous, ma fille, avez-vous pu croire à ce perfide langage?

— Pourquoi n'y aurais-je pas cru ? sa conduite envers moi n'avait jamais été offensante envers moi.

— Ne venez-vous pas de dire qu'il vous avait déclaré son amour ?

— Oui, mais je l'en grondai, et il m'avait promis de s'en guérir.

— Un homme ne fait jamais un pareil aveu qu'à la femme qu'il méprise.

— Mon dieu! maman, quelle horrible pensée ! et pourquoi m'aurait-il méprisée ?

— Parce que dès le commencement vous l'avez traité avec une bonté, qu'il a pu regarder comme un encouragement à ses espérances; parce que vous lui avez laissé prendre avec vous une familiarité contraire à toutes les convenances; parce qu'ayant à vous plaindre de votre mari, vous n'avez pas craint de lui confier vos peines.

— Quoi! maman, vous sauriez...

— Je sais tout, et je n'ai quitté votre sœur, assez malade, que pour venir vous sauver du plus grand malheur.

Sid. *la serrant avec transport.* Ah! ma mère, vous m'aimez donc encore?

— Cruelle enfant, si je t'aime!... juges-en à ma douleur. Mais vous, ma fille, m'avez-vous aimée comme vous le deviez? quelles preuves m'avez-vous données de votre amour, de votre confiance? A qui avez-vous préféré d'ouvrir votre cœur? à un jeune homme: de qui prenez-vous des conseils? d'un jeune homme, et d'un homme qui vous adore, d'un homme perdu de réputation.

—Maman, on vous a induite en erreur : si l'amour a pu égarer Armand, c'est un malheur qu'il déplore; car Armand est un honnête homme, un homme sage, de mœurs parfaites, d'une excellente conduite.

—Comment le savez-vous? l'avez-vous suivi dans ses premières liaisons? qu'est-il enfin?... son nom?

—Armand.

—Je le sais, mais son nom de famille?

—Je ne lui en connais pas d'autre.

—Que sont ses parens?

—Je l'ignore; il a, je crois, sa mère en province.

—Son état?

—Il est... oh! il a une grande, une étonnante réputation comme musicien; c'est le premier chanteur de la France, et peut-être de l'Europe.

Titres bien respectables !

— Il compose aussi; il a fait un opéra pour Feydeau. S'il voulait travailler, je suis sûre qu'il deviendrait un compositeur du premier ordre.

—C'est assez; je vois que cet ami si sage, cet homme de mœurs si parfaites, est un musicien; et c'est à un musicien, à un jeune musicien, que madame de Saint-Léon, ayant à peine dix-huit ans, accorde sa confiance et son amitié. C'est à un homme sans nom, sans famille, à un chanteur, que Sidonie...

— S'il parvient à illustrer son nom, qu'importe sa famille?

— Dites donc aussi, qu'importent son éducation, ses mœurs? Une famille honnête fait d'honnêtes gens : une éducation simple, mais suivie par des parens pauvres et vertueux, est cent fois préférable à celle que reçoit un enfant, jeté sans guide au milieu de ces écoles publiques, où l'on ne cherche qu'à former des talens, sans s'occuper de surveiller la conduite. Je sais qu'il est d'honorables exceptions, des êtres privilégiés, qui sortent de cette dangereuse épreuve avec des cœurs purs ; mais ce miracle est rare, et ne doit pas rassurer. Pourriez-vous, ma fille, ne pas ouvrir les yeux sur l'imprudence d'une pareille liaison ? On peut sans hauteur avoir le sentiment des convenances ; on doit surtout ne jamais perdre de vue cette crainte salutaire, qui fait les sages, ou les préserve de l'écueil. Une liaison intime avec un homme est toujours dangereuse ; elle le devient davantage quand on a, comme vous, à pleurer sur l'inconduite d'un époux. C'est alors qu'une femme qui veut être respectée doit redoubler de vigilance ; elle doit conserver pour elle son fatal secret, et n'en jamais convenir, lors même qu'il serait public : il faut que, jetant un voile sur ses infortunes, elle force le monde à ne lui en point parler. Dès l'instant qu'on se plaint, on a l'air de chercher des consolations, et les consolateurs d'une femme jeune, jolie et imprudente, sont toujours des amans déguisés. Lors même que cela ne serait pas, le monde convaincu que cela doit être, ne verra qu'un commerce criminel, là, où l'on ne voudrait voir qu'une liaison permise.

— Faut-il donc être toujours victime de l'injustice du monde, et de ses malignes suppositions ?

— Pour avoir droit de les mépriser, il faut leur opposer une conduite pure au fond, irréprochable par les apparences. Il faut craindre le monde et le respecter, quand il exige de nous le sacrifice, de tout ce qui pourrait faire naître des soupçons. *Le monde n'a point de longues injustices*, a dit madame de Sévigné, et la vertu sort toujours triomphante des attaques de la calomnie, lorsqu'elle a su respecter les bienséances. Jugez-vous d'après ce principe, et voyez, ma fille, si votre intimité avec un jeune homme de mauvaises mœurs. . . .

— De mauvaises mœurs, ma mère !

— Oui ! j'en ai la certitude, et dont la profession n'offre aucune garantie pour ses goûts, ses habitudes, et son éducation n'a pas faire dû naître, dans l'esprit des gens sensés, une opinion peu honorable.

Sid. *les larmes aux yeux*. Et cependant, le ciel m'est témoin que je suis innocente.

— Vous êtes innocente !... et vous ne vous êtes entourée que de gens méprisables. Cette Malvina, que vous et la comtesse me représentiez comme un ange de douceur et de vertu, est l'opprobre de son sexe : cet Armand, que vous défendez, est un libertin, un être profondément vicieux, qui n'a pas craint de nourrir un amour criminel pour la femme de son ami ; qui souriait à l'idée de la rendre aussi vile que malheureuse.

—Arrêtez, arrêtez, de grâce, je ne puis soutenir un pareil tableau.... Ah ! maman, n'est-ce point assez de condamner la faiblesse de votre fille, son imprudence? croyez-vous qu'elle ait pu être assez criminelle, assez lâche, pour se prêter à des vues aussi odieuses?

—Ecoutez-moi, ma fille, et laissez-moi sonder avec vous la profondeur du mal, mesurer toute l'étendue de l'abîme qui se creusait sous vos pas. Il fut un temps où votre innocence, l'extrême délicatesse de vos principes, et votre attachement sincère à la religion, vous donnaient un tact exquis, une sorte d'instinct sur ce qui était bien ou mal. Le peu de soin qu'on a pris pour éclairer votre expérience, l'importance qu'on vous a fait attacher à des succès de société, succès bien éphémères, et payés trop chèrement; cet enivrement de l'esprit, suite inévitable d'une vie dissipée et consacrée exclusivement aux talens et aux plaisirs, et probablement l'oubli des devoirs les plus saints, ont obscurci insensiblement votre raison, et vous ont amenée à trouver simple et naturel

ce qui n'est que désordre et renverse-
ment de toute morale. Par exemple, en
sortant de Bonval, et même au commencement de votre mariage, avant
d'être lancée dans le tourbillon d'un
monde assez mal composé, n'eussiez-
vous pas frémi en apprenant qu'un homme, comblé de marques d'attachement
par toute une famille, et particulière-
ment par un époux trop confiant, n'aurait cherché à s'insinuer chez lui que
pour y déshonorer, et la femme, et le
mari, se faisant un jeu barbare de dé-
sunir deux cœurs vertueux, et ne craignant pas de fouler aux pieds, pour sa-
tisfaire une odieuse passion, tout ce que
les hommes regardent comme sacré et
respectable. Si l'on eût cherché à vous
attendrir sur le sort d'un pareil monstre,
en vous disant : « *Il était amoureux, il
le devint malgré lui; il combattit long-
temps le penchant qui l'entraînait, mais
l'amour l'emporta, parce que rien ne
résiste à l'amour;* » qu'auriez-vous

pensé de cette infâme morale? Auriez-
vous cru qu'en divinisant les passions,
on en fait des vertus, et qu'en leur attri-
buant un pouvoir chimérique, on est
excusable d'y céder?

—Oh! ma mère!

—Qu'à cet affreux tableau, l'on eût
joint celui d'une épouse imprudente,
qui, sans respect pour ce qu'elle doit à
elle-même, et au nœud sacré qui la lie,
se serait laissée aller, par une coupable
pitié, à écouter, à plaindre, à recevoir
l'homme assez hardi pour lui parler
d'amour; n'eussiez-vous pas regardé
cette femme comme indigne, et de
l'estime du monde, et de l'amour de son
époux? Ne croyez pas qu'en blâmant sévèrement une semblable conduite, je
cherche à en exagérer le danger; trop
d'exemples malheureux, trop de chutes
viennent à l'appui de ce que j'avance.
La jeune femme qui consent à entendre
un amant se plaindre à elle des maux
qu'elle lui fait souffrir, qui écoute avec

complaisance la peinture de l'amour, de
ses charmes et de ses tourmens, qui reçoit sans modestie, et comme un hommage qui lui est dû, l'éloge continuel
de sa beauté, de ses talens, de sa grâce,
de ses qualités brillantes, éloge toujours exagéré, mais que l'amour propre
accueille avec trop de facilité ; cette
jeune femme prendra goût à cette ido-
lâtrie qui la flatte, elle croira la mériter; elle comparera à ces sentimens,
dont l'expression est si passionnée,
ceux que son mari lui témoigne, et l'affection conjugale ne lui paraîtra plus
que froide et languissante. Il lui sem-
blera alors que son époux la néglige,
la dédaigne, et n'apprécie pas, comme
il le devrait, son mérite et ses charmes.
Cette prétendue découverte la refroi-
dira pour lui, et lui fera trouver de nouveaux plaisirs dans les louanges de son
amant : elle les souffrait par compassion, elle ne peut plus s'en passer; elle
était aimée, elle aimera bientôt elle-

9 **

même, et finira par croire qu'on peut disposer de son cœur sans cesser d'être sage : elle parera son nouveau sentiment des beaux semblans de l'amitié. Le séducteur, plus expérimenté qu'elle, la devinera avant même qu'elle s'avoue sa défaite : alors, aux adorations respectueuses succéderont ces plaintes emportées d'un amour qui ne connaît plus de frein; tout s'excusera par la violence de la passion. Ne voyez-vous pas déjà ces scènes terribles d'un désespoir feint d'un côté, d'une pitié trop tendre et trop véritable de l'autre ? La malheureuse femme cède au vice, en chérissant la vertu. Si son âme était vraiment honnête, le sentiment de sa faute est un ver rongeur qui la suit en tous lieux : l'infidélité de son amant, suite inévitable d'une pareille liaison, la désole et l'éclaire; la perte de sa réputation, fruit amer de l'indiscrétion de l'homme auquel elle a tout sacrifié, lui porte le dernier coup; elle meurt,.... méprisée de son mari, et à peine regrettée de ses enfans. Supposons à présent que cette femme, mal élevée et dénuée de principes religieux, supporte sans honte sa première défaite; elle tombe bientôt d'abîme en abîme, et va grossir le nombre de ces êtres infortunés, méprisés par les hommes, et en horreur à leur propre sexe. »

Tandis que madame de Bonval s'exprimait avec cette chaleur que le cœur d'une mère peut seul sentir, Sidonie, toute en larmes, et suffoquée par ses sanglots, se livrait à la plus violente douleur. « Tu frémis, ajouta madame de Bonval, qui ne craignait pas de l'émouvoir trop fortement; tu frémis, ma fille, et ces réflexions n'avaient jamais frappé ton esprit : une fausse sécurité t'entraînait vers le précipice, et sans moi....

SID. *vivement et avec l'accent du désespoir.* Sans vous, peut-être étais-je déshonorée :... mais hélas! ne le suis-je

pas?... Mes imprudences vont passer
pour des crimes; méprisée, en horreur
à mon mari, à vous-même, que deviendrai-je? où irai-je cacher ma honte et
mon malheur? Ah! ma mère, pourquoi
m'avez-vous éloignée de vous? pourquoi n'avez-vous pas craint de remettre
aux mains d'un autre ce pouvoir sacré,
dont une mère ne devrait jamais se départir?

—Quel reproche!... je l'ai mérité
sans doute, et le ciel m'en punit.

Sid. *se jetant aux pieds de sa mère.*
Qu'ai-je fait, ô ma mère?... je vous afflige, je vous offense; pardonnez au
désespoir de votre malheureuse fille!

—Le coup que vous m'avez porté me
serait moins sensible, s'il partait d'une
autre main, mais il ne m'offense point:
il me rappelle à un devoir que je n'aurais pas dû abandonner; il me fait sentir qu'en cédant à des vues humaines,
j'ai méconnu la Providence. Je me suis
sacrifiée à votre bonheur, j'ai cru le

voir dans la fortune; je me suis trompée, vous êtes malheureuse, et vous l'êtes par mon imprudence.

—Au nom de Dieu, maman, ne me parlez pas ainsi, ou je mourrais à vos pieds. N'êtes-vous pas la plus tendre, la plus vertueuse des mères? n'aviez-vous pas pris toutes les précautions pour que je fusse élevée avec sagesse? ne m'aviez-vous pas confiée aux soins d'un homme respectable? Ah! si j'avais mieux suivi ses conseils!...

—Le chevalier n'est pas exempt de reproche : il a craint de me découvrir le mal, avant d'en avoir acquis la certitude; faut-il donc attendre qu'un incendie éclate avec fureur, pour y apporter du secours?

—C'est par lui que vous avez appris...

—Oui, ma fille, et vous devez l'en remercier, ou plutôt vous devez gémir qu'il ait tardé si long-temps.... Mais de quoi ai-je droit de me plaindre, quand moi-même j'ai négligé....

Arrêtez, maman; accablez-moi du poids de votre colère, mais ne vous accusez pas de mes fautes : je les ai commises contre ma conscience, contre les lumières de ma raison. Oui, dans ce moment le voile se déchire; je reconnais que mille fois des scrupules, hélas! trop bien fondés, un doute inquiet, une tristesse vague, vinrent m'éclairer sur les dangers qui m'entouraient. Je les ai étouffés, ces salutaires remords; j'ai fermé les yeux à la lumière, parce qu'elle m'eût arrachée à des goûts que j'aimais. Je suis seule coupable, punissez-moi; mais pardonnez-moi, et ne déchirez pas mon âme, en vous accusant injustement.

—Oh! mon enfant, s'écria madame de Bonval en la prenant dans ses bras, quand tu t'accuses avec tant de candeur, je ne sais plus ni me plaindre, ni te faire des reproches; je ne vois que ton malheur, et cherche les moyens de le réparer. Tu as été imprudente, légère, mais la vertu ne faisait que sommeiller dans ton âme ; elle n'y est pas éteinte. Mon Dieu, je vous rends grâces ! veillez sur elle ! écartez loin de cette fille chérie les méchans et les corrupteurs ; rendez-la à votre sainte religion, à la sagesse, au bonheur. »

A ces mots, des larmes abondantes vinrent soulager madame de Bonval : à des craintes effroyables, aux anxiétés les plus cruelles, succéda un état d'attendrissement, qui peut-être lui sauva la vie. La mère et la fille confondirent leurs pleurs, leurs soupirs, et les plus tendres caresses : et tandis que le repentir oppressait l'âme de Sidonie, la douce espérance renaissait dans le cœur de madame de Bonval.

CHAPITRE XXIX.

La comtesse rentra dans ce moment, et apprit avec une sorte d'effroi l'arrivée de madame de Bonval. Les principes de sa belle-sœur lui étaient connus; et quoiqu'elle cherchât à se tranquilliser en les taxant d'exagération, un trouble involontaire la lui faisait regarder comme un juge sévère, aux yeux duquel elle aurait à rougir. « Après tout, se disait-elle en montant l'escalier, le malheur de Sidonie est-il donc mon ouvrage? Je la marie à un homme qui a le suffrage de sa mère; cet homme devient un fou, un libertin; puis-je empêcher cela, moi?... Mon oncle lui-même, M. de Mirbel, a-t-il pu l'empêcher?..... Je ne vois pas ce que madame de Bonval aurait à reprendre dans ma conduite. »

Tout en parlant ainsi, elle se trouve à la porte de Sidonie ; elle allait ouvrir, quand elle se demande de quelle manière elle abordera sa belle-sœur. « Amicalement, se répond-elle, si elle se conduit bien à mon égard ; avec fermeté, si elle se permet la plainte. Elle n'a pas d'autorité sur moi ; Sidonie est autant ma fille que la sienne : ne tient-elle pas de moi ses talens, son état, sa fortune ?... Oui, je serai ferme, j'en ai le droit... » Et là-dessus elle lève la tête, se tient plus droite, et ouvre. Elle aperçoit à l'instant la mère et la fille en pleurs, confondues dans de tendres embrassemens ; elle s'arrête, ses yeux se mouillent, et elle a à peine la force d'aller tomber dans les bras de sa sœur : elle avait raisonné en tête faible, elle agissait comme une âme sensible.

Les trois dames furent assez long-temps sans parler ; Sidonie, parce qu'elle ne savait plus que gémir et se repentir ; madame de Lauzanne, parce qu'elle

éprouvait l'ascendant de la vertu ; et
madame de Bonval, parce qu'elle s'efforçait à retenir de justes plaintes deve-
nues inutiles. Ce fut elle cependant qui
rompit la première le silence. « Ma
sœur, dit-elle, je viens au secours d'une
brebis égarée ; unissons nos efforts,
pour la remettre dans la voie du bonheur. »

La comtesse, en cherchant les moyens
de s'excuser, amena une explication,
où elle mit d'autant plus de vivacité
qu'elle avait plus de torts, et que ces
torts tenaient à une facilité de caractère, qu'elle envisageait comme une
vertu. Elle soutint à madame de Bonval
que tout le monde eût été trompé en
voyant Malvina ; qu'elle avait l'air le
plus décent, le plus vertueux ; qu'elle
inspirait la confiance, et qu'il aurait
fallu avoir un cœur de pierre pour lui
refuser de l'amitié. On lui répondit, et
on la força de convenir que, dans le
choix d'un ami, il ne fallait pas s'arrêter

uniquement aux agrémens extérieurs, et
que des renseignemens positifs étaient
indispensables.

Battue de ce côté, la comtesse se mit
à faire l'éloge d'un homme pur, délicat, aimable, l'ami le plus sincère,... et
cet homme était Armand. A ce nom, qui
devait amener une nouvelle explication
plus vive encore, Sidonie demanda à se
retirer, et sortit en pleurant amèrement.
Madame de Lauzanne, devinant à la
douleur de sa nièce la nature des reproches dont Armand serait l'objet, reçut
les premières ouvertures de sa belle-
sœur avec le dédaigneux sourire de
l'incrédulité. « Armand amoureux de
Sidonie? quelle folie! lui qui ne cherchait qu'à la réunir à son mari! qui
donnait de si bons conseils à Eugène! »
Madame de Bonval insistant, la comtesse se mit véritablement en colère, et
lui demanda d'où lui venaient ces belles
nouvelles qu'elle avait accueillies avec
tant de facilité, et qu'elle répétait si

complaisamment. « Je les tiens de ma
fille et de moi-même, répondit madame
de Bonval; j'ai vu de mes yeux Armand
la pressant et la retenant de force dans
ses bras. » L'étonnement de madame de
Lauzanne la rendit muette, et sa sœur
profita de ce moment de silence pour
lui répéter ce qu'elle avait appris sur le
compte d'Armand, et par le chevalier,
qui avait pris sur toute sa conduite
des informations exactes, et par Sidonie, dont les yeux étaient enfin dessillés.
La comtesse était oppressée, son visage
exprimait tour à tour l'indignation et la
stupeur; ses regards, tournés tantôt sur
madame de Bonval, tantôt sur la place
que venait de quitter Sidonie, annon-
çaient, par leur égarement, la plus violente agitation. Enfin elle se lève, et se
jette sur le cordon de la sonnette, qu'elle
tire avec violence; un domestique vient:
« Dites au portier, lui dit-elle, que ma
porte est défendue pour toujours à
M. Armand. »

Le laquais, en recevant cet ordre, laissa échapper un sourire, qui prouva à madame de Bonval que l'aveuglement des maîtres aurait pu être dissipé par les malignes suppositions des valets : elle en gémit, et aurait voulu pouvoir arrêter l'imprudent élan de la comtesse; elle ne put ni le prévoir, ni l'empêcher.

Trop agitée pour demeurer en place, madame de Lauzanne voulut courir chez son oncle, pour lui apprendre ce qui venait de se passer, et le gronder de ne pas lui avoir fait part des informations qu'il s'était procurées : elle oubliait qu'elle n'avait jamais voulu prêter l'oreille à ses conseils; qu'elle s'était querellée vingt fois avec lui, à l'occasion des avis qu'il lui donnait ; et, ne voyant toujours que les motifs qui l'avaient déterminée à se conduire avec tant d'imprudence, elle terminait toutes ses phrases par ces mots : « Qui n'y aurait été trompé comme moi ? » Aussi ne lui entra-t-il pas un moment dans

l'esprit qu'elle avait manqué de circonspection ; elle ne se crut que malheureuse
et abusée.

Madame de Bonval ne se vit pas plus
tôt libre, qu'elle courut chez sa fille ;
elle la trouva à genoux, toute en larmes,
et priant avec ardeur. « Ah ! s'écria-t-elle
avec attendrissement, j'avais perdu ma
fille, et je l'ai retrouvée : elle triomphera
des vanités du monde, puisqu'elle cherche sa consolation dans le ciel. O ma Sidonie ! toi, l'enfant de mon cœur ; toi
que j'aime plus que ma vie ! laisse-moi à
présent jouir de mon bonheur ; laisse-
moi m'abandonner à toute ma tendresse.
Oui, j'ai retrouvé l'enfant que j'avais
perdu. Juge de ma douleur, de mon
effroi mortel, en apprenant les dangers
qui te menaçaient ; je n'ai pas joui depuis ce temps d'un moment de sommeil ;
et après une si longue absence, après
tant d'inquiétude, j'ai pu te revoir sans
te presser sur mon sein ! j'ai pu voir ta
douleur, et n'y répondre que par des

vérités sévères ! Ah ! puisse-tu ne jamais
ressentir ces déchiremens cruels ! ils ont
failli me coûter la vie.

—Qu'il m'est doux d'apprendre que
vous m'aimez encore ! combien j'ai
craint que mes fautes ne me fissent perdre votre tendresse ! Chère maman,
vous êtes mon ange tutélaire ; Dieu, et
vous, voilà tout mon bien, tout ce qui
me reste, abandonnée de mon mari....

—Oublies-tu donc que tu es mère ?
Où est ta fille, où est ta Fanny ? je brûle
de l'embrasser.

—Pauvre enfant ! sa vue devient mon
supplice : hélas ! c'est moi qui la prive
de son père.

—Du courage, ma fille ; il faut se
rappeler ses fautes pour les déplorer,
et ne jamais s'en laisser abattre. Voyons
Fanny ; où est sa chambre ? »

CHAPITRE XXX.

SIDONIE conduisit sa mère par un escalier dérobé, traversa un long corridor, et entra dans une chambre sale et mal tenue, où la pauvre petite venait de s'éveiller, et pleurait à chaudes larmes. Personne n'était là pour appaiser ses cris, et ce fut en vain qu'on appela Sophie et mademoiselle Germain. Madame de Bonval prit l'enfant dans ses bras, et la couvrit de baisers, gémissant en secret sur un pareil abandon. Elle demanda à Sidonie ce qui était nécessaire pour la changer, et la pauvre Sidonie, confuse et embarrassée, cherchait partout du linge blanc, et elle ne trouvait partout que malpropreté et désordre. Les dames redescendirent alors dans l'appartement, et demandèrent où était mademoiselle Germain.

« Elle est sortie , madame.—Et Sophie?
—Elle prend sa leçon de danse chez le
portier. —Qu'elle vienne. »

Sophie arrive toute essoufflée, toute
rouge. « Pourquoi laissez-vous ma fille
seule? lui dit Sidonie avec vivacité. —
Elle dormait ; elle pouvait bien se passer
de moi.—Je vous avais défendu de la
quitter , à moins que mademoiselle
Germain ne fût auprès d'elle.—Elle n'y
est pas souvent ; et, sans me vanter, c'est
bien moi qui suis la bonne de jour et
de nuit. — Mademoiselle Germain ne
couche-t-elle pas dans votre chambre?
— Mademoiselle Germain? elle aime
trop ses aises pour cela ; il y a long-
temps qu'elle couche à l'autre bout du
corridor, et je l'aurais bien dit à madame, si elle ne m'avait pas menacée de
me faire mettre à la porte.—Mademoiselle Germain a tort, et je saurai le lui
dire ; mais vous, comment pouvez-vous
laisser votre chambre dans le désordre
où elle est?—Qu'est-ce donc qu'elle a

de mal, cette chambre? je la balaye
tous les jours, comme à l'ordinaire. —
Et le linge, comme il est tenu!—Est-ce
que cela me regarde? c'est à la femme
de charge à y voir.—Vous êtes une impertinente, et vos réponses...—Je n'ai
pas fait pire aujourd'hui qu'hier, et madame n'a pas encore fait de plaintes :
dame aussi, c'est la première fois que
madame monte chez nous.—Sortez, dit
Sidonie, rouge de honte et de colère ;
sortez à l'instant, et ne reparaissez plus
devant moi.

Sophie ne partait point, et allait dire
encore quelque impertinence : « Sortez, » lui cria de nouveau Sidonie, d'un
ton à ne pas permettre de réplique.

Pendant ce temps, on était allé chercher mademoiselle Germain; elle était
chez un cordonnier de ses amis, où elle
allait chaque soir pour faire un boston,
ou entendre chanter la fille de la maison, mademoiselle Aglaïa, qui ne s'occupait qu'à jouer du piano et à lire des

romans, dans l'arrière-boutique de son père. Mademoiselle Germain arriva en courant autant que l'âge et son embonpoint le lui permettaient, et elle entrait dans la chambre au moment où Sophie en sortait; celle-ci, l'apostrophant : « Allez, sage gouvernante, lui dit-elle, allez recevoir la récompense de vos soins, de votre assiduité : vantez à madame les nuits blanches que l'enfant vous a fait passer, et dites-lui si le sucre de la bouillie ne fait pas bien dans le café à la crême. — Que dit donc cette folle? s'écria mademoiselle Germain irritée. — Venez, mademoiselle ; et vous, Sophie, encore une fois, sortez. — Pardi, madame, puisque c'est la dernière fois que je vous vois, je suis bien aise de vous rendre un petit service, n'en déplaise à la gouvernante en chef. — Parlez, péronnelle, parlez; qu'ai-je à craindre d'une sotte comme vous? — Oh ! vraiment, on sait bien que vous n'avez peur de rien, pas même des croûtes que cet enfant a dans la tête.

— « Oh ciel! que dites-vous ? s'écria
Sidonie; et à l'instant elle prend sa
fille, et la décoiffe de ses mains trem-
blantes. A la vue du mal qui couvrait
entièrement la tête de l'enfant, Sidonie
le remet à sa mère, recule involontaire-
ment par un mouvement d'horreur, et
fond en larmes en cachant sa figure
dans ses deux mains.

« Vous voyez, dit mademoiselle Germain d'un air triomphant, que j'avais
bien fait de sauver ce chagrin à madame.
— Me sauver un chagrin ! répéta madame
de Saint-Léon avec colère, me sauver
un chagrin, et laisser mourir mon enfant! ne rien faire pour le préserver
d'une maladie affreuse! c'est un assas-
sinat. Sortez, sortez toutes deux à
l'instant. Ma tante, s'écria-t-elle en
parlant à madame de Lauzanne qui rentrait dans ce moment, faites de grâce
payer ces deux femmes, et que je ne
les revoie de ma vie. — Qu'ont donc

fait ces pauvres filles, ma chère? — Ce qu'elles ont fait! reprit Sidonie, en entraînant sa tante vers l'enfant, ce qu'elles ont fait! voyez, voyez leur ouvrage. »

La comtesse ayant aussi peu d'expérience que Sidonie, et n'ayant jamais rien vu de semblable, fit un cri de surprise, et se livra bientôt à un emportement terrible contre les gouvernantes. Ni l'une ni l'autre ne purent dire un mot pour leur défense, et une heure après elles avaient quitté l'hôtel.

Madame de Bonval, plus affectée de l'état de dépérissement dans lequel était Fanny, que du mal qu'elle avait à la tête, chercha cependant à tranquilliser la mère. Le médecin, qui fut appelé sur-le-champ, considéra l'enfant avec attention, et trouva que la maladie, quoique invétérée, n'offrait pourtant rien de dangereux. « Mais ce n'est pas tout, dit-il : cet enfant-là a pâti, il a été mal nourri. —Vous vous trompez; docteur,

car je suis sa nourrice, et mon lait est
fort bon ! — Nourrissez-vous la nuit,
madame? — Non, mais la bonne en
avait soin, et l'enfant buvait...— Ou ne
buvait pas, reprit brusquement le docteur. Cet enfant-là meurt de faim; son
mal la mine, et rien ne réparait cela.
Sa bonne! sa bonne était comme les
autres, elle ronflait auprès d'un pauvre
être expirant. »

Voyant la confusion et le désespoir
où était Sidonie, madame de Bonval
fit un signe au trop véridique médecin,
en lui disant : « Monsieur, le mal est
assurément réparable? — Sans doute,
si l'enfant a de bon lait et de bons
soins. — Oh! les soins ne lui manqueront plus, s'écria Sidonie, ils ne lui
manqueront plus ; je la veillerai jour
et de nuit.

— Un moment, madame; vous êtes
bien jeune pour ce métier-là, et votre
santé nous est nécessaire. N'avez-vous

personne de confiance?—Hélas! non;
et je viens d'être si bassement trompée!
— Par des merveilleuses de Paris, n'est-
ce pas? cela m'étonne peu. Si vous voulez recevoir de ma main un trésor, je
vous donne mon auvergnate. Je l'avais
fait venir pour ma fille qui était grosse;
mais hélas! ajouta le docteur d'une voix
incertaine, une fausse couche a tué l'enfant, et mis la mère aux portes du tombeau. — Comment, monsieur? — Oui,
reprit-il en colère et s'essuyant les yeux;
une imprudence, l'amour de la danse a
failli m'enlever mon bonheur, ma seule
joie en ce monde... Les femmes, si
tendres par nature, sont quelquefois
barbares, et je voudrais.... Mais revenons à vous; la pauvre nourrice est
arrivée d'Auvergne avec un lait pur,
une santé admirable, et étant à son troisième enfant, ce qui donne de l'expérience : la prendrez-vous? — Mon dieu,
docteur, voulez-vous donc que je cesse
de nourrir? —Franchement, madame,

vous ne sauriez mieux faire : vous avez
une sensibilité qui ne vaut rien pour une
nourrice. Pendant que je vous parlais
de ma fille, vous avez changé vingt fois
de couleur; vos yeux sont battus, votre
teint fatigué; il vous faut à vous-même
repos d'âme, d'esprit et de corps. — Je
renoncerais ainsi au devoir le plus saint,
le plus doux. — C'est un devoir sacré,
quand il y a possibilité de le remplir,
quand le succès est vraisemblable : autrement, c'est agir par goût et non par
sentiment. — Vous êtes sévère, docteur.
— Comme la vérité : il y a aussi des devoirs dans notre état, et le premier, à
mes yeux, est d'être sincère. — On pourrait l'être... — Avec plus de grâce, n'est-
ce pas, madame? cela peut être; mais
mon âge, des études sérieuses, la vue
continuelle de malheureux qui exigent
de prompts secours, tout cela ne donne
pas ce ton persuasif et doux qui est
votre partage. Mais, ma chère dame,
essuyez ces larmes qui m'attendrissent,

malgré la sévérité que vous me repro-
chez, et livrez-vous à la joie de voir
bientôt votre enfant, la plus fraîche, la
plus jolie petite fille de tout Paris. Je
cours chez moi, et dans deux minutes je
vous amène la grosse nourrice; ne le
voulez-vous pas?—Nous vous en prions,
dit madame de Bonval, et nous sentons
le prix d'un pareil cadeau. »

Le docteur part comme l'éclair, et
revient peu de temps après, suivi d'une
petite femme jeune, brune, fraîche,
ayant l'air de la santé et de la gaîté.
« Voilà Fanchette, mesdames, que je
vous présente, c'est la meilleure femme
du monde, et qui nourrira votre enfant
comme les siens....—Pour ça, monsieur,
je l'aimerai bien; car aussi bien faut
aimer quelque chose, et je n'aime encore rien à Paris, sinon vous, monsieur,
sauf respect. Cette pauvre petite, comme
elle est mignonne! voyons donc un peu
si elle ne voudra pas bien d'une petite
goutte : viens, ma poulette, viens avec

10 **

moi, je ne te ferai pas de mal.»Sur cela,
Fanchette prit Fanny des mains de
madame de Bonval, et découvrit un sein
que la petite saisit avidement; elle téta
presque une demi-heure de suite, ce qui
prouva de plus en plus au docteur qu'il
y avait chez elle épuisement, et défaut
de nourriture.

Madame de Bonval, soulagée de ce
côté, était dans une extrême inquiétude
à l'égard de sa fille, qui, pâle, les yeux
fixés sur l'enfant, ne disait rien, ne pleurait plus, et n'en souffrait que davantage. La tendresse maternelle a aussi sa
jalousie, jalousie plus déchirante peut-
être que celle de l'amour. Quoique
enivrée du bonheur d'être mère, Sidonie avait négligé son enfant par légèreté, par inexpérience : au moment
où sa sensibilité se réveille, où elle
comprend l'étendue de ses devoirs,
où mille remords cuisans l'avertissent
qu'elle y a manqué, elle voit sa fille
passer dans les bras d'une autre; il lui

semble qu'on l'arrache de son sein. Elle dépérissait sur ce sein agité de mille passions, elle va retrouver la vie dans une source pure et paisible comme la nature. Une étrangère ramènera le sourire sur ses lèvres actuellement décolorées ; elle jouira de ses premiers regards, de ses premières caresses. Quelle idée pour le cœur d'une mère ! et qu'il est affreux de se dire : « Je mérite mon sort ! »

Madame de Bonval devine ce que Sidonie éprouve ; eh ! qu'est-ce qu'une mère ne devine pas ? Elle s'approche d'elle et lui dit tendrement : « Mon enfant, vous avez quelques précautions à prendre, il faut vous reposer sur moi des soins qu'exige notre Fanny : dans quelques jours, vous pourrez l'avoir sans cesse dans votre chambre, et veiller à ce qui est nécessaire. Je vais conduire Fanchette (elle se garda bien de dire la nourrice), et je reviens auprès de vous. » Sidonie ne répondit que par un signe de tête, et laissa emmener l'enfant sans l'embrasser. La jalousie qui naît d'une excessive tendresse, donne en même temps une sorte de dureté qu'on prendrait pour de l'insensibilité ; il semble qu'on veuille se venger sur l'être qui l'inspire, de tout le mal qu'il vous cause.

Sidonie se coucha, et commença le régime que le docteur venait de lui prescrire, tandis que madame de Bonval, aidée de sa femme de chambre et de la robuste Fanchette, s'occupait à réparer le désordre qui régnait dans la chambre de l'enfant : il fallut refaire à neuf une grande partie de la layette, qui, à demi brûlée, déchirée, égarée, offrait à peine quelques restes passables d'une chose faite avec beaucoup de soin et à grands frais.

La comtesse était rentrée au moment où Sidonie congédiait ses femmes. Sidonie, alors toute occupée de son enfant, semblait avoir oublié les chagrins qui lui venaient d'Eugène ; à peine

se trouva-t-elle seule qu'elle sentit renaître tous ses maux. Ayant fait appeler madame de Lauzanne, elle lui demanda avec inquiétude, si elle n'avait
rien appris sur Eugène. — «Rien, ma
chère, si ce n'est qu'il a pris de l'argent
chez son notaire, en lui parlant d'un
voyage qu'il allait faire à Montrevel : il
s'y est sans doute rendu, il est près de
son père, et vous ne tarderez pas à recevoir une lettre de lui. — Ah! ma
tante, je ne m'en flatte pas; je suis malheureuse, et pour toujours : mon désespoir, mes remords ne me quitteront
qu'au tombeau; c'est le seul terme où
j'aspire. Pourquoi désirerais-je de vivre
encore? Indifférente, odieuse peut-être
à mon mari, inutile à ma fille, l'existence n'est pour moi qu'un fardeau. —
Cruel enfant, s'écria la comtesse d'une
voix entrecoupée de sanglots, comptes-
tu pour rien ma tendresse?.... Si tu
meurs, que veux-tu que je devienne ?
où irai-je retrouver un enfant? où sera

le bonheur pour moi, quand tu ne seras plus?..... » En achevant ces mots, la faible et trop tendre madame de Lauzanne se jeta sur le lit de Sidonie, et l'embrassa avec toute l'amertume de la douleur, toute la passion d'une âme ardente.

Sidonie, touchée, attendrie, répondit à ses pleurs par des pleurs. Cette nouvelle secousse influa malheureusement sur sa santé : elle fut prise d'un accès de fièvre, suivi d'un autre plus violent encore. Madame de Bonval, fort alarmée, partageait ses soins entre sa fille et sa petite-fille, tandis que la comtesse et le chevalier faisaient mille démarches pour avoir des nouvelles d'Eugène, espérant qu'une heureuse nouvelle ferait plus de bien à madame de Saint-Léon que toutes les ressources de la médecine.

Madame de Bonval, profitant de ce moment de retraite, fit informer Lucie de son arrivée. Madame Derville s'em-

pressa de venir embrasser sa bienfaitrice, et ne manqua point de lui détail-
ler, avec cette volubilité qui semble
tenir à la conviction, tous les succès
qu'elle préparait à son mari ; les démarches qu'ils avaient faites pour cela ;
les affaires qu'il espérait obtenir, au
moyen des nombreuses connaissances
qu'on lui avait procurées ; la réputation
dont il commençait à jouir dans le
monde, et qui devait lui en assurer une
au barreau. Hélas ! elle bâtissait dans un
un avenir qu'elle ne devait peut-être pas
voir, et n'apercevait point les dangers
du moment présent. Toute entière aux
soins qu'elle se donnait pour faire recevoir un de ses ouvrages au théâtre français, et employant une partie des nuits à
d'autres compositions, elle ignorait, la
plupart du temps, ce que devenait Derville. Elle le croyait occupé de ses dos-
siers, et Derville n'était presque jamais
chez lui ; il rentrait tous les jours fort
tard, et souvent de très-mauvaise hu-

meur. Le délire poétique avait pris tant d'empire sur elle, qu'elle couchait dans une autre chambre que son mari, pour n'être pas distraite dans ses momens d'inspiration, et s'occupait à peine de son ménage, dont elle abandonnait le soin à des domestiques qu'à peine elle connaissait.

Madame de Bonval s'affligea en voyant que ses avis étaient oubliés; elle crut devoir en donner de nouveaux, mais avec la triste persuasion qu'ils seraient aussi inutiles que les premiers.

FIN DU SECOND VOLUME.